Amane & Wyatt
「事件現場はロマンスに満ちている」

Chara

事件現場はロマンスに満ちている

神香うらら

キャラ文庫

この作品はフィクションです。
実在の人物・団体・事件などにはいっさい関係ありません。

目次

事件現場はロマンスに満ちている

口絵・本文イラスト／柳ゆと

ロマンスは事件現場に落ちている

1

アメリカ合衆国、カリフォルニア州ロサンゼルス。

西海岸に位置する一大都市は、今日も陽気できらきらと輝くような活気に溢《あふ》れている。

(騒々しくて猥雑《わいざつ》、とも言えるけど)

ダウンタウンに位置する〈アナベラ・パブリッシング〉──女性向けのロマンス小説に特化した出版社の応接室で、藤村雨音《ふじむらあまね》は窓から差し込む西日の眩《まぶ》しさに目を細めた。

このビルは大通りに面しているので、余計に騒がしく感じるのだろう。あるいは、隣のオフィスから漏れ聞こえてくる話し声のせいか。

立ち上がって、壁に貼られた新刊のポスターを眺める。著者の顔写真が添えられたものがほとんどだが、最近は雨音のように顔出しNGの作家も増えてきた。

(今のところ、この出版社で男のロマンス作家は僕ひとりみたいだけど)

男性であることを殊更《ことさら》主張しようとは思っていない。悪目立ちしたくないので、雨音はラナ・カークという女性名のペンネームを使っている。ニューヨーク出身・在住、趣味はヨガと陶芸というプロフィールもフェイクで、実際はLA生まれのLA育ち、ヨガも陶芸も一回お試しでレッスンを受けただけ、というのが真実だ。

「お待たせしてごめんなさい」

ポスターに見入っていると、担当編集者のポーラ・ビンガムがせかせかした足取りで現れた。

こんなとき如才なく「いえ、お時間取っていただきありがとうございます」などと言えたらいいのだが、三十分近く待たされたので、ただでさえ少ない愛想はもう残っていない。

雨音の無愛想な態度には慣れているのか、ポーラは気にした様子もなく向かいの席に腰を下ろした。

「原稿読んだけど、なかなかよかったわ。ヒロインがヒーローと一緒に事件の謎を解いていくところ、スリルもあって、ストーリーはいいと思う」

ポーラの口調に、雨音は身構えた。どうやら新作原稿に何か不満があるらしい。

「だけど?」

先回りして口を挟むと、ポーラが苦笑した。

「主役ふたりのキャラクターがね。ヒロインもヒーローも大人しすぎる。まあヒロインのほうは、あなたが書くシャイで内気なキャラクターはわりと好評だから基本的にこのままでいいとして、問題はヒーローね。インパクトが弱すぎる」

「そうですか?　結構インパクト強めで書いたつもりですけど」

雨音の反論に、ポーラが口元に笑みを浮かべた。

「ええ、確かにインパクトはある。知的で繊細な英文学者で、イギリス英語を話す点は読者的にも萌《も》えポイントだしね。だけど全体的に言動が神経質すぎて、男性としての魅力に欠けるのよ」

　思いがけない指摘に雨音は眉根を寄せた。今回のヒーローは物静かで思慮深く、自分だったらこういう男性とつき合いたいと思う理想像を書いたのだが。

「細やかな気遣いができる男って現実にはなかなかいないから、いいかと思ったんですけど」

「ええ、結婚するならこういう男がいいかもね。今の時代に合ってるし。だけどこれはロマンス小説なの。読者が求めているのは、煩《わずら》わしい現実を忘れさせてくれる華やかで頼もしい、強い男なのよ」

　ポーラの言葉に、雨音はうーんと唸《うな》りながら腕を組んだ。

　確かに彼女の意見には一理ある。雨音自身も現実逃避したくてロマンス小説を読み漁《あさ》った過去があるので、現実の理想のタイプと小説で読みたいヒーローのタイプが正反対なのはよくあることと理解できた。

「わかりました。じゃあヒーローの性格をもうちょっと強めに……」

「いっそのこと、ヒーローの職業を変えたらどうかしら」

　雨音の提案を遮り、ポーラが身を乗り出す。

「やっぱり富豪とか貴族とかのほうがいいですか？」

　デビュー作のヒーローは大企業の若きＣＥＯ、二作目はやり手の弁護士、三作目は優秀な外科医と、雨音は読者に人気の職業を選んできた。

ＣＥＯと小さなフラワーショップを営むヒロインの王道ロマンスは、新人のデビュー作としてはかなり好調な売れ行きだったと聞いている。しかし二作目三作目はヒットせず、作家を続けられるかどうかは次回作の売れ行きに懸かっているのだ。

「うーん……あなたはこれまで三作お金持ちでインテリなヒーローが続いたからね。今回のお話は事件絡みだし、せっかくだから刑事か消防士なんてどう？」

「刑事か消防士？」

思わず鸚鵡《おうむ》返しに問い返す。両方とも、雨音の中にはなかった選択肢だ。

「刑事も消防士も根強い人気があるのよ。裕福なインテリもいいけど、読者は肉体派のヒーローにも惹《ひ》かれるものなの。特に今回はヒロインが図書館司書でしょ。マッチョなヒーローと地味で控えめなヒロイン、この組み合わせは購買意欲をそそられるわ」

「だけどなんか……ありがちじゃないですか？　もう使い古されてる気が」

「くり返し使われてきた設定には、それ相応の理由があるの。あなた今、マッチョな男なんてごめんだって思ったでしょ。ヒロインにもそう思わせればいい。本も読まないような男とはつき合えない、ってね。だけど一緒に事件を解決することになって、だんだん彼のいい部分に気づくようになるのよ」

拳を握って力説するポーラに、雨音は腕を組んだ。

個人的には刑事にも消防士にもいい印象がない。市民のために働いてくれていることには感謝しているが、警察も消防署も体育会系マッチョイズムを体現した組織だと思っている。

だが、売れないことには——というか、その前に出版されないことには作家業を続けられない。ポーラの言う通り、反発しながらも惹かれていき……という線で書き直すしかないだろう。

「わかりました。刑事か消防士に変更してみます」

顔を上げて告げると、ポーラがほっとしたように微笑《ほほえ》んだ。

「期待してるわ。あなたの繊細な心理描写には定評があるし、これまでと違うヒーローを書くことで、新たな読者を獲得できると思うの」

「次回作が正念場ですしね」

「そういうこと。頑張ってちょうだい」

応接室をあとにし、ビルの外に出ると、いつのまにか日が暮れていた。

夕闇の中、ため息をつきながらビル前の広場にたたずむ。

ポーラの前では顔に出さないようにしたが、気持ちはどんよりと沈んでいた。書き直そうと決意したものの、気が進まないのも事実だ。

だが、ロマンス小説家という仕事を続けたいならやるしかない。

(僕にとって、この仕事が生きる理由だし)

——雨音は恋愛ができない。ゲイなのに男性が怖いせいだ。

きっかけは十三歳のときのこと。近所に住んでいた男子大学生にゲームをしようと誘われ、家に行くと無理やり体を触られた。

あのときのことは思い出したくもない。彼を突き飛ばして家に逃げ帰ってからも、気持ち悪くてしばらく吐き気が治まらなかった。

その後も、学校やアルバイト先で何度か嫌な思いをし……。

嫌悪の対象は自分に迫ってくる男だけだったのだが、十七歳のとき、教師に肩を触れられパニックになってしまった。

性的な意図は皆無だったのはよくわかっている。それでも、成人男性に触れられただけで息ができなくなった。

母親に連れて行かれた心療内科で接触恐怖症と診断され、そのとき雨音は自分に現実の恋愛は一生無理なのだと理解した。

恋人が欲しいと思ったことはない。もともと好きだったロマンス小説にますますのめり込んでいったのも、恋愛願望ゆえではなく、自分と無関係な世界だからこそ安心して愉《たの》しめるからだ。

現実の恋愛ができない雨音にとって、ロマンス小説の世界はワンダーランドだ。お伽話《とぎばなし》に入り浸っているうちに自分の理想のお伽話を書きたくなり、取り憑《つ》かれたように次々と書き上げていった。

しかし小説を書く時間には上限がある。より多くの時間を割いて書き続けるには、仕事としてやっていくのがいちばんいい。

そう考えてあちこちの出版社に原稿を送り、二十二歳のときに〈アナベラ・パブリッシング〉との契約に至った。

それから二年、小説だけでは食っていけないのでアルバイトと兼業しつつ生活している。一日二十四時間三百六十五日、ロマンス小説の世界で生きていけるようになるのが目標だ。

（チャンスをもらえたんだから、頑張ろう）

顔を上げ、雨音は自分を鼓舞した。せっかくダウンタウンまで来たので、お気に入りのショップ巡りで気分を上げるのはどうだろう。

まずは近くのオーガニックカフェで早めの夕食をとることにし、雨音は賑《にぎ》やかな雑踏へ足を踏み出した。

雨音がアパートの最寄りのバス停に降り立つと、時刻は二十一時を過ぎていた。

バスが渋滞にはまり、すっかり遅くなってしまった。この界隈《かいわい》はさほど治安は悪くないのだが、それでも日が暮れてからはなるべく出歩かないようにしている。この時間帯に外を歩くのは久しぶりで、雨音は神経をぴりりと尖《とが》らせた。

(僕みたいな痩せっぽちのアジア系は舐《な》められることが多いし)

数年前、地下鉄の駅で男に「金を出せ」と脅されたことがある。断ると、突き飛ばされて汚い言葉で罵られた。幸い怪我《けが》はなかったが、あのとき投げつけられた罵詈雑言《ばりぞうごん》は今も耳にこびりついている。

久々によみがえった嫌な記憶を、雨音は軽く頭を振って追い払った。

少し遠回りになるが、明るい道を選んで大股で歩く。大通りにはまだ営業中の店もあり、行き交う人もちらほら見えた。

(こんな時間に若い女性だけで出歩くなんて)

我ながら小うるさい年寄りみたいだと思いつつ、おしゃべりに夢中の三人組に眉をひそめる。同時に、夜道を歩くだけで緊張している自分が可笑《おか》しくなってきた。

(近所で事件があったとか聞いたことないし、考えてみたらまだ九時過ぎたばっかりだし)

それでもアパートの建物が見えてくると、やはりほっとする。帰ったら蜂蜜をたっぷり入れた熱々のミルクティを飲もうと考え、牛乳を切らしていたことを思い出した。

ここからいちばん近い食料品店はまだ開いている時間だ。ついでに果物も買おうと、雨音は通りを横切った。

食料品店のドアを開けると、ちりんとベルが鳴ってレジカウンターにいた若い男性の店員が顔を上げた。

（初めて見る顔だな）

高校生にしか見えない青年に夜間ひとりで店番をさせるなんて……と余計な心配をしつつ、奥の乳製品のコーナーへ向かう。

かごに牛乳のパックを入れ、果物売り場へ移動すると、棚の前に先客がいた。

（うわ、なんかやばそうな客）

長身でがっちりした体格の、いかにも腕っ節の強そうな男性だ。濃紺のトレーナーにジーンズというシンプルな服装ながら、みっしりと重たげな筋肉が男の存在感をうるさいほどに主張している。

これまでの経験から、こういう血の気の多そうな輩《やから》は避けたほうがいいと知っている。目が合ったり軽くぶつかったりしようものなら、面倒なことになる確率が極めて高いのだ。

男が立ち去るまで、雨音は手前の菓子コーナーでチョコレートを選ぶことにした。

ミントチョコをかごに入れつつ、ちらりと男を窺《うかが》う。

険しい表情で棚のバナナを睨《にら》みつけているのは、バナナの鮮度に問題があるからだろうか。皮が黒くなりかけたバナナはケーキを作るにはちょうどいい頃合いだが、熟れた状態を嫌う人もいる。

（身長百九十センチ、体重九十キロ、体脂肪率十五パーセント、年齢は三十前後ってところかな）

無精髭《ぶしょうひげ》の強面《こわもて》だが、ロマンス小説風に表現すれば野性的で精悍《せいかん》な顔立ちとも言える。雨音には理解できないが、こういうタイプが好きな女性は結構多い。

(次回作のヒーローはこういう感じでいくか)

褐色の豊かな髪、日焼けしたブロンズ色の肌——男の容姿をどう描写するか考えていると、ふと彼がこちらに視線を向けた。

慌てて目をそらし、くるりと背を向ける。

レジに向かおうとしたそのとき、ちりんとベルが鳴って新たな客が店に入ってきた。

「——！」

店に入ってきたのは客ではなかった。黒いスキーマスクを被《かぶ》り、ナイフを構えている人物が客のはずがない。

「全員床に伏せろ！　両手を前に出して、動くな！」

男が大声で喚《わめ》く。

いったい何が起きているのか理解できないまま、雨音は両手を挙げて床に跪《ひざまず》いた。

(強盗!?)

自分が強盗に遭遇しているなんて信じたくないが、どうやらこれは現実のようだ。

「おい！　床に伏せろって言ってんだろ！」

苛立《いらだ》った声で怒鳴られ、慌てて床に俯《うつぶ》せになる。

強盗は向きを変え、レジの店員にナイフを向けた。薄汚れた布袋を投げつけ、「これに金を入れろ！　早く！」とまくし立てる。

店員は恐怖に目を見開き、茫然《ぼうぜん》と立ち尽くしていた。

「早くしろって言ってんだろ！　死にてえのか！」

強盗が激高し、カウンター越しに至近距離でナイフの刃を店員に突きつける。

それでもなお固まっている店員に、思わず雨音は叫んだ。

「きみ！　言われた通り金を渡すんだ！　まだ人生始まったばっかりなのに、こんなことで命を落としたくないだろう!?」

「うるせえ、口を挟むんじゃねえ！」

強盗に怒鳴られ、びくびくと首をすくめる。けれど雨音の言葉が届いたらしく、店員が我に返ったように動き始め、震える手でレジに鍵を差し込んだ。

震えが止まらないのは雨音も同じだ。世の中には金のためなら平気で人を殺す人間がいる。そういう連中と関わらないよう、常に気をつけていたはずなのに——。

「——大丈夫だ。落ち着いて」

「っ!?」

ふいに背後から押し殺した声で囁《ささや》きかけられ、驚いて振り返る。

雨音の斜め横に、先ほどバナナを睨みつけていたマッチョが伏せていた。

「これ以上強盗を刺激するな。俺が合図したら、そこの扉からバックヤードに逃げ込むんだ」

「……えっ？」

そんなの無理、と言おうとしたところで、男が「行け！」と小声で命じる。

同時に男が素早く立ち上がり、こちらに背中を向けていた強盗に飛びかかった。

それは本当に、あっというまの出来事だった。

「ううっ！」

背後から腕で喉元を締め上げられ、強盗が呻《うめ》きながらナイフを取り落とす。

男が強盗を床に組み伏せるまでの数秒間、一連の動作が流れるようにスムーズで、まるで映画かドラマのワンシーンのようで――。

「通報を頼む。それと、紐《ひも》か粘着テープはある？」

強盗に馬乗りになった男が、店員に語りかける。

強盗を取り押さえたというのに、男は息ひとつ乱さず、淡々と落ち着き払っていた。

店員がカウンター越しに粘着テープを差し出し、受け取った男が強盗の両手首と両足首をぐるぐる巻きにする。

非現実的なその光景を、雨音は床に伏せたままぼんやりと見守った。

「きみ、大丈夫？」

男に声をかけられ、のろのろと体を起こす。無事に助かってまずは礼を言いたいのに、緊張が解けて口から飛び出したのは怒りの言葉だった。

「……なんでこんな無茶するんだよ！　もし刺されたらどうするんだ⁉　腕っ節に自信があるんだろうけど、こういう場合は大人しくやり過ごすのが鉄則だろ⁉」

雨音の剣幕に、男は驚いたように目をぱちくりさせた。

「強盗が銃を持ってたら大人しくやり過ごすところだが、ナイフだし腰が引けておどおどしてるし、これならいけるかなと思って」

「それでも警察に任せるべきだ！」

ぴしゃりと言い放つと、男がジーンズの尻ポケットから何やら取り出した。

「一応刑事なんだ。非番だけど」

警察バッジを見せられ、へなへなと体の力が抜けていく。

（そうか、そうだよな。普通の人が、あんなにうまく立ち回れるわけないし）

――それはどうも失礼しました。強盗を阻止してくださってありがとうございます。

頭の中で用意したセリフを口にしようとしたそのとき、パトカーのサイレンが聞こえてきた。

刑事が振り返り、レジの店員にも「大丈夫か？」と声をかける。

「店の責任者にも連絡してくれ。防犯カメラの映像の提出を頼みたい」

「はい……オーナーは上の階に住んでるので呼んできます」

礼を言いそびれ、雨音は少々居心地の悪い気分でよろよろと立ち上がった。

殺風景な会議室で、壁の時計を見上げた雨音は深々とため息をついた。

（こんなに待たされるんだったら、明日出直しますって言えばよかった）

――パトカーが到着し、強盗は連行され、警察官が現場検証を始めた。

『あなたは客として居合わせて、一部始終を目撃されたんですね。供述書を取りたいので、お手数ですが署までご同行いただけますか？』

防犯カメラの映像を見れば済む話だが、運悪くカメラが故障中だったらしい。中年の女性警察官は『明日でも構いませんよ』と言ってくれたが、嫌なことはさっさと終わらせたくて、雨音は『行きます』と即答した。

（結局牛乳も買いそびれちゃったし）

蜂蜜入りのミルクティを思い浮かべ、眉根を寄せる。その拍子に、こめかみの辺りに頭痛の予兆が発生していることに気づいた。

眼鏡を外し、両手で目頭を押さえる。床に伏せたときに眼鏡をぶつけた記憶があるので、フレームが歪《ゆが》んでしまったのかもしれない。

（頭痛がひどくなる前に帰りたい……）

やはり出直そうと立ち上がりかけたそのとき、誰かが会議室のドアを押し開けた。

「やあ、待たせて悪かったな」

言いながら現れたのは、先ほどのマッチョ刑事だった。

急いで眼鏡をかけ直し、居住まいを正す。帰りたいのはやまやまだが、出直すのも億劫《おっくう》だ。

マッチョの後ろからメキシコ系の中年男性も入ってきて、「ご協力ありがとうございます」と事務的な笑みを浮かべた。

「強盗殺人課のケンプだ。彼はサントス。コーヒーは？」

「いただきます。砂糖あり、ミルク多めで」

日頃はコーヒーに砂糖を入れない派だが、何か甘いものを摂取しないとやっていられない気分だった。ケンプと名乗った刑事が「了解」と呟《つぶや》き、くるりと踵《きびす》を返す。

一分後、紙コップを手に戻ってきたケンプが、大股で雨音のそばに近づいてきた。

「どうぞ」

真横に立たれ、体がびくっと反応してしまう。思わずがたんと椅子を引いて距離を取った雨音に、ケンプは面食らったようだった。

「すまない、驚かせた？」

「……いえ」

「つい先ほど、あんな目に遭ったばかりですからね」

サントスがフォローしてくれたが、雨音は「違うんです」と否定した。

「僕はもともと接触恐怖症なんです。他人に急に近づいてこられるのが苦手なので」

強い口調で言ってから、少々失礼な態度だったかと思い、ちらりとケンプを見上げる。

ケンプは気にした様子もなく、雨音の向かいの席に腰を下ろした。刑事という職業柄、無礼な人間には慣れているのだろう。

「じゃあ始めようか。まず名前と職業を」

「アマネ・フジムラ。職業はライター」

親しい人以外、雨音は小説家と名乗らないことにしている。何を書いているのか訊《き》かれるのが嫌なのだ。男のロマンス小説家が奇異の目で見られることはわかりきっている。

「ライター？　何を書いてるんだ？」

さっそく無遠慮な質問が飛んできて、雨音はぴくっと頬を引きつらせた。

「僕が何を書いているか、強盗未遂事件と関係あります？」

雨音の口答えに、ケンプが軽く肩をすくめる。

「ま、今の段階では関係ないな。もしきみが共犯者だった場合は答えてもらわなきゃならないが」

刑事の冗談に愛想笑いをする気も起きず、雨音はミルク入りの甘いコーヒーに口をつけた。警察署のコーヒーにはまったく期待していなかったが、思っていたより悪くない味だ。

「で、何を訊きたいんです？　早く帰りたいので手短にお願いします」

「食料品店に入ってから起きたことを全部」

サントスがペンを構えて促す。

言われた通り、雨音は今夜の出来事を淡々と、できるだけ客観的に述べた。

供述は長くはかからなかった。最後に住所と名前、連絡先を書かされ、お役御免となる。

「ご協力ありがとうございました」

サントスが立ち上がり、雨音も席を立つ。もう少し糖分が必要だったので、飲みかけのコーヒーを持って帰ることにした。

ケンプが会議室のドアを開けて押さえてくれる。丁重な見送りはありがたいが、雨音は彼の横を通るのを躊躇《ちゅうちょ》した。

「あ、そうか。近づくのはだめなんだよな」

幸いケンプは鈍感ではなかった。両手を軽く挙げて、雨音のために道を空けてくれる。

「ひとつ忠告しておこう。今後ああいう場面に遭遇したら、沈黙を貫くこと」

「ええ、僕もつい余計なこと言ってしまったってわかってます。だけどレジ係の彼、あのまま固まってたら刺されてしまうと思って。あんな若い子が目の前で殺されたらやり切れないし」

「さっき彼の供述を取ったんだが、きみに感謝してたよ。恐怖に凍りついていたけど、きみの言葉で死にたくないと思って体が動いたと」

強盗を苛立たせてしまい後悔していたのだが、無駄ではなかったことを知って少し心が軽くなった。

「歩いて帰るのか？」

問いかけられ、ちらりと振り返る。

「いえ、タクシーを呼びます」

初めて訪れた分署はアパートの徒歩圏内だったが、もちろんこんな時間に歩くつもりはない。

「そのほうがいい。あの界隈はこれまで事件らしい事件がなかったが、最近空き巣や車上荒らしが何件か発生してる。暗くなったら出歩かないことだ」

ケンプは親切心で言ってくれたのだろうが、雨音は素直に受け取れなかった。

自分が体格のいい男性だったら、ケンプはこんな忠告はしなかっただろう。百七十四センチ五十八キロ、華奢《きゃしゃ》で眼鏡のアジア人――自分が群れの中で狙われやすい弱者であることを突きつけられた気分だ。

「ご忠告どうも」

素っ気なく言って、雨音はくるりと背を向けた。


アパートの部屋に帰り着くと、雨音は真っ先にシャワーを浴びた。

接触恐怖症の他にも、自分には潔癖症のきらいもある。ダウンタウンの人混みを歩き、食料品店の床に腹這《はらば》いになり、その上警察署の埃《ほこり》っぽい会議室の椅子に座ってしまった。

時間をかけて全身隈《くま》なく洗い、ふかふかのバスローブをまとってようやく人心地がつく。

いつもは夜十時過ぎには食べないようにしているのだが、今日は散々だったので食べてもいいことにした。冷蔵庫にあったアボカドとトマト、チーズでサンドイッチを作って、紅茶を淹《い》れる。

(忘れないうちにネタをメモしておかないと)

サンドイッチを食べ終えると、雨音はマグカップを手にパソコンを立ち上げた。帰宅中に思いついたネタを入力しながら、このエピソードを小説のどこに入れるか考える。

ヒーローが刑事なら、事件の部分をもっと掘り下げたほうがよさそうだ。ヒーローとヒロインの行動も考え直さねばならない。

「……なんかしっくり来ないな」

十五分後、雨音はキーボードを打つ手を止めた。

英文学者のヒーローは自分ではなかなかよく書けたと思っていたので、同じ話を別のキャラクターで動かすことに抵抗もあった。どうせ書き直すなら、一から新しい話にしたほうがいいかもしれない。

(事件の骨組みはこのまま活《い》かすことにして、図書館司書のヒロインと刑事のヒーローがどこでどうやって出会うかだな)

強盗現場に居合わせたヒロインが、同じく偶然居合わせたヒーローに助けられる――我ながら安易だと思うが、今夜経験した出来事をヒロインとヒーローに置き換えたらどうだろう。

自分はケンプ刑事の一見無謀に見えるやり方に腹が立ったが、純真なヒロインならときめきを感じたかもしれない。あるいはポーラが言っていたように、刑事に腹を立てたものの、その後再会して次第に惹かれるようになる、とか。

（考えてみたら、出会い方としてはドラマティックでいいかも）

雨音自身が思い描くドラマティックでロマンティックな出会いとはかけ離れているが、読者受けはよさそうだ。

雨音の好みとしては、出会いのシーンは静謐《せいひつ》で詩的であって欲しいと思う。

新作で書いた、図書館の閉架書庫でヒロインが英文学者と出会うシーンや、二作目の祖母の墓を訪れたヒロインが隣の墓石の前にたたずむ弁護士と出会うシーン――静かな場所でふたりきり、目が合った瞬間ふたりの間に何か小さな反応が起きる、運命的な恋。

自分でも、ちょっと古くさいという自覚はある。十一、二歳の頃から母親の本棚にあった古いロマンス小説を読み漁った影響が少なからずあるのだろう。

ネットの書評で誰かが雨音の小説を「優しい水彩画のような色合いのラブストーリー」と表現していたが、雨音自身もその喩《たと》えが気に入っている。

（ケンプ刑事をモデルにしたら、一気に原色と力強い線のアメリカンコミック風になりそう）

ケンプ刑事がヒーローのロマンス小説なんて、雨音には想像もつかなかった。典型的な体育会系のキャラクターは書けそうにないので、憂いを含んだ陰のあるタイプにしようと決める。

しばし新たなプロットをこねくりまわしたが、今夜はこれ以上考えてもいい案が浮かびそうになかった。こういうときは、ひと晩寝て頭をリセットしたほうがいい。

パジャマに着替えようと寝室のクローゼットを開けると、先日ネット通販で購入した服が目に入った。

(今日は怖い思いをして散々だったから、寝る前に気晴らしをしよう)

手っ取り早く気晴らしをするには、現実逃避がいちばんだ。かつては小説の執筆もそのひとつだったが、仕事となった今、現実逃避には向かなくなった。

読書や映画鑑賞、お菓子作りはそれなりに効き目がある。けれどいちばん効果があるのは、別人になりきること――。

ハンガーに掛けた淡いピンクのワンピースを手に取り、胸元のフリルにうっとりと触れる。

いろいろと秘密の多い雨音の、今のところこれが――メイクをしてウィッグを被り、女性に変身することが、もっとも他人に知られたくない秘密だ。

女性の姿で外に出たことはないが、二年ほど前から自撮りした写真をインスタグラムに上げ始め、メロディという名前で女装男子のカテゴリでちょっとした有名人になった。

もちろん素性がばれないように細心の注意を払っており、日常生活が垣間《かいま》見《み》えるような写真や文章は決して載せないようにしている。最初のうちはコメントにお礼の返信をしていたのだが、会いたいと誘われたりしつこく絡まれたりすることが増え、ネット上の交流はいっさいやめた。

今は月に二、三度、コメントなしで自撮り写真のみアップしている。メロディという架空の女性を疑似体験するのは楽しいし、見知らぬ他人からの「可愛《かわい》い」「綺麗《きれい》」「素敵」といった賞賛の言葉は素直に嬉《うれ》しい。

バスルームへ行ってライトブラウンのカラーコンタクトを入れ、雨音は鏡を覗《のぞ》き込んだ。

（ファンデ塗らなくても、軽くパウダーはたくだけでいいかな）

今夜はシェードランプの明かりだけで撮ろうと思っているので、フルメイクの必要はないだろう。

インスタで特に褒められるのが、きめ細やかで艶やかな美肌だ。もともと肌は綺麗だったが、女装を始めてから念入りに手入れするようになり、理想の姿になるため全身の永久脱毛も済ませた。

雨音の切れ長の吊《つ》り目はきつく見えることが多いので、メロディになるときは要注意だ。やわらかな印象になるよう、ブラウンのアイラインとベージュのアイシャドウを駆使する。メイク初心者の頃は苦労した付け睫毛《まつげ》も、手先が器用なのであっという間に上達した。

以前はあまり好きではなかったぽってりした唇は、今ではお気に入りのパーツだ。グロスで彩ると小悪魔的な色気を演出できることがわかり、いまやメロディのトレードマークとなっている。

(髪はこの色が似合うかな)

寝室のクローゼットにずらりと並んだウィッグの中から、雨音はミルクティベージュのロングヘアを選んだ。ワンピースを着てウィッグを被り、毛先の緩やかなウェーブを整え、姿見の前に立って全身をチェックする。

「悪くないね、メロディ」

小首を傾《かし》げ、雨音は鏡の中の美少女に語りかけた。色白の細面にすらりと長い首、骨格が華奢で細身なので、ノースリーブのワンピースでも違和感はない。

(フリルで隠れるし、ノーブラでいっか)

胸に詰め物はしない派だが、服によってはブラジャーをつけることにしている。女性用のランジェリーは可愛くて綺麗なものが多く、身につけると格段に気分が上がるのだ。

ベッドサイドの籐《とう》の肘掛け椅子に掛け、雨音はスマホを構えた。

ポーズや角度を変えて写真を撮る。シェードランプの明かりは秘密めいた雰囲気で狙い通りだが、肝心の被写体――メロディの写りが今ひとつだった。

(今夜はリハーサルってことで、インスタにアップするのはやめとこう)

加工すればいい感じになるかもしれないが、なるべく写真に手を加えたくない。行き過ぎた修正や加工は、自己肯定感を損なう行為だと思っている。

インスタ用の写真を撮るにはそれなりにエネルギーが必要で、今夜の雨音にはその気力が残っていなかった。

（いろいろあって、心底疲れたし）

ベッドに仰向《あおむ》けになり、目を閉じる。寝る前にメイクを落とさなければ……と思いつつ、急に襲ってきた眠気に逆らえなかった。

自分の意識が眠りに落ちていくのがわかる。夢うつつで、雨音はピンクのワンピースを着て緩やかなウェーブのロングヘアを揺らしながら、食料品店のレジに向かっていた。

（だめだ……引き返さなきゃ）

黒いスキーマスクの男が現れ、つかつかと歩み寄ってくる。ナイフを突きつけられ、恐怖に固まったそのとき、ふいに背後から誰かに腕を摑《つか》まれた。

『――心配ない。もう大丈夫だ』

耳元で低く囁かれ、どくんと心臓が高鳴る。

気がつくとスキーマスクの男の姿はなく、雨音は逞《たくま》しい胸に抱き締められていた。

驚いて、『放して！』と言いながらもがくが、男の体はびくともしない。

（ああ、そうか……これは新作のヒロインのバーチャル体験だ……）

気がつくと、雨音はケンプ刑事に抱き締められるメロディを離れた場所から眺めていた。

無骨な刑事と華奢なヒロイン、この組み合わせはなかなか悪くない。

(起きたらさっそく原稿に取りかかろう)

夢と現実の間をさまよいながら、雨音は唇に笑みを浮かべた。

2

バスを降りた雨音は、強い日差しに目を細めた。何度か来たことのある町並みを見渡し、大通りから脇道へ入る。

──強盗未遂事件に遭遇してから一週間。

あれ以来アクシデントもトラブルもなく、雨音は平穏でちょっぴり退屈な日々を送っていた。原稿は順調に進んでいるし、三日前にアップしたインスタの写真の評判もよかった。欲しかった服もセールで安く買えたし、初めて挑戦したりんごのタルトも上手に焼けた。

なのになぜか、何か物足りない。

自分でも原因はわかっている。人生初の非日常的な体験に脳が興奮して、またあのような刺激を欲しがっているのだろう。

(あんな怖い思いするの、もう懲り懲りなんだけど)

ジェットコースターにでも乗りに行けば、この奇妙にざわつく感覚を取り払えるだろうか。

刺激を求める気持ちとは裏腹に、雨音は前後左右に気を配りつつ通りを歩いた。午前の明るい時間帯だし、この辺りも治安は悪くないが、油断はできない。

目的地のビルが見えてきて、ほんの少し緊張を緩める。一階のヴィンテージ古着ショップの代わり映えしないウィンドウを横目で見ながら、雨音は居住者用エントランスへ向かった。

これから会いに行くのは数少ない友人のひとりだ。正確には、今現在つき合いのある唯一の友達。

子供の頃から雨音には友人がほとんどいなかった。ひとりでいるほうが好きだったたし、クラスメイトたちとの交流は楽しいことより嫌なことのほうが多かった。

思春期を迎える頃、クラスで浮いた存在の雨音はいじめられるようになり、学校へ行くのをやめて自宅学習に切り替えた。オンラインゲームやアルバイト先などで知り合いは何人かできたが、つき合いは長続きせず……。

インターフォンを鳴らすと、フィオナ・ウィテカーの『よかった、待ってた!』という声とともにオートロックが解除される。三階の廊下の奥で、フィオナはドアを開けて待ち構えていた。

「手伝って欲しい案件って何?」

「とにかく入って」

フィオナに促され、部屋の中に足を踏み入れる。

ドアを閉めて鍵をかけると、フィオナは雨音の前に立ちはだかった。

身長百七十八センチ、細身ながらがっちりした筋肉質なので威圧感がある。それでなくても青く染めた髪や眉と唇のピアス、両腕のタトゥが彼女を近寄りがたく見せていた。

いつもはこれにけばけばしいゴスメイクが加わるのだが、珍しくすっぴんだ。

「いったい何ごと？」

「来て」

元は倉庫だったというがらんとした部屋の奥に、長机をL字型に配置したワークスペースがある。三台のモニターの前で、フィオナが振り返った。

「ちょっとやばい案件だから、秘密厳守で」

「えっ？　やばい案件ってどういうこと？　犯罪に関わるのはごめんなんだけど」

犯罪に関わりたくないのは、倫理観や正義感からではなく、自分のような男が刑務所に入ったらどういう目に遭うか知っているからだ。

怖《お》じ気《け》づいて一歩あとずさると、フィオナが雨音を安心させるように笑みを浮かべた。

「その点は大丈夫。ちょっと縁があって、警察の捜査に協力することになってさ」

「何それ。ハッキングの腕を見込まれて？」

「そんな感じ」

軽く肩をすくめ、フィオナは中央のゲーミングチェアに座ってパソコンを操作した。

「これ、とある店の防犯カメラの映像」

隣のワーキングチェアを引き寄せて座り、モニターを覗き込む。隅に表示された時刻はまさに今現在、薄暗いバーの店内が、天井に近い位置のカメラから映し出されている。

「侵入中？」

フィオナがちらりと振り返り、頷《うなず》く。

「何日か前、この店で殺人事件があったの」

物騒な言葉に、雨音はぎょっとした。

「ちょっと待って、これ本当にやばいんじゃ……」

「ほんとに大丈夫だから、信じて」

フィオナが、青ざめた雨音の腕にそっと手を置く。

雨音の接触恐怖症の対象は、主に成人男性だ。女性と子供はわりと平気で——中には苦手な人もいるが——フィオナは初対面のときからまったく抵抗感がなく、むしろ彼女に触れられると安心する。

おそらく出会ったときの印象が大きいのだろう。二年前、ゲームセンターで数人の男に絡まれて困っていたとき、颯爽《さっそう》と現れて助けてくれたフィオナは女神のごとく後光が差していた。

オンラインゲームという共通の趣味で交流が始まり、そのうちお互いハッカーであることが判明し……過激なゴスファッションのフィオナと地味で目立たない雨音は一見水と油だが、不思議と馬が合って今では親友と呼べる間柄になっている。

「……わかった。きみのことは信用してるから」

正直まだ少し不安があったが、腹をくくって雨音は持参したノートパソコンをデスクに置いて開いた。

「被害者は閉店後の店内で殺された可能性が高い。警察が防犯カメラの映像の提出を命じたんだけど、犯行が行われたと思《おぼ》しき深夜二時から翌朝五時までの映像がなかった。店側はカメラの不具合だって言ってるけど、警察は意図的に削除したと考えてる」

「削除されたデータを見つけ出すのが、僕たちの任務？」

「そういうこと。店のシステムはセキュリティが手薄で、簡単に侵入できた。でも削除されたデータがなかなか見つからなくて」

「わかった。やってみるよ」

フィオナの言った通り、システムへの侵入にはさほど手こずらなかった。

ふたりとも無言でモニターを睨みつつ、データを探す。

（この感覚、久しぶりだな）

小学生の頃からコンピュータを弄《いじ》るのが好きで、プログラミング大会などに出て腕を磨いていた。いじめに遭って不登校になってからますますのめり込み、勉強はそっちのけで大学の公開講座やIT企業のワークショップなどに参加し、将来はプログラマーになるつもりでいた。

ところが十七歳のとき、オンラインゲーム仲間に利用される形で不法なハッキングに加担してしまった。密《ひそ》かに憧れていた年上のゲーマーに騙《だま》されたと知り、いじめで人間不信に陥っていた雨音はますます他人を信じられなくなった。

雨音も警察で任意の事情聴取を受け、騙されて利用されていたことを主張したが、信じてもらえなかった。雨音が警察を好きになれないのは、あのときの恐怖をいまだに忘れられないからだ。

幸い雨音の言い分を裏付ける証拠が出たため、逮捕は免れた。けれどこの一件が、もともと不仲だった両親を決定的に対立させ——父も母も互いの教育方針を非難しあっていたが、雨音に言わせれば彼らのぎすぎすした空気こそが諸悪の根源だ——両親は離婚し、雨音は母とともに郊外の小さな家に引っ越した。

女装を始めたのはこの頃だ。昔から綺麗なもの、可愛いものが好きだったが、きっかけは別の人間になりたいという願望だったと思う。

藤村雨音はいじめられて不登校で、憧れの人に騙され利用された可哀想《かわいそう》な男の子。

メロディは人気者で友達が多く、両親からの愛情をいっぱい受けている幸せな女の子。

母とのふたり暮らしは、思っていたほど悪くなかった。母は大手企業に勤務していたので生活に困ることもなかったし、あれこれ干渉されることもなかった。

今思えば、母はひとり息子への関心を失っていたのだろう。社交的で常識を重んじる彼女に、社会の枠から外れた雨音は理解しがたい存在だったに違いない。

雨音が十八歳になってまもなく、ふたり暮らしの均衡が崩れ始めた。母に恋人ができたのだ。穏やかで優しい人だったが、当時の雨音に他人を受け入れる余裕はなかった。母の彼氏が家に来る回数が増え、次第に自分の居場所がなくなっていくのを感じ、雨音は自立の道を模索した。

ちょうどその頃、ＩＴ企業が自社製品のバグや脆弱性《ぜいじやくせい》を発見した人に賞金を出すバグ発見報奨金制度を始め、雨音は見事一万ドルの賞金を得ることができた。

その賞金でアパートを借り、スカウトされたＩＴベンチャーで働き始め……。

（結局長続きしなかったけど）

新興のベンチャー企業は活気に溢れていたが、長時間労働とパワハラの温床でもあった。厳しいノルマ、同僚との激しい競争、協調性のない雨音にチームでの仕事は耐え難く、早々に退職することとなった。

その後はフリーランスのプログラマーを名乗りつつ、いくつかの企業でバグ発見報奨金を得たり、パソコン修理のアルバイトをしたり、贅沢《ぜいたく》をしなければ充分やっていけるくらいには稼いでいる。

「小説のほうは順調なの？」

ふいにフィオナに問いかけられ、雨音はモニターを睨みつけたまま「まあね」と答えた。

フィオナは出版社の社員以外で雨音がロマンス小説家だと知っている唯一の人物だ。

ちなみに同性愛者であることは、今のところフィオナにしか打ち明けていない。

「フィオナは？　大学は順調？」

雨音の問いに、フィオナも「まあね」と笑った。

現在二十二歳のフィオナも、昔から周囲に馴染《なじ》めない子供だったという。十五歳のときクラスメイトと喧嘩《けんか》して停学処分になり、十六のときに高校のシステムに侵入して警察沙汰になり……初犯で未成年だったこともあり不起訴になったが、そのときの経験からもう二度と捕まらないようにしようと心に誓ったそうだ。

今は大学で情報工学を専攻しつつ、ホワイトハッカーとしても活動している。警察から仕事を依頼されたのも、その手腕を買われてのことだろう。

「これじゃない？　このファイル」

膨大なデータの中からそれらしきものを見つけ、雨音は手を止めた。

「見つかった？　どれ？」

「多分、容量的にもこれじゃないかと」

慎重にファイルの復元を試みる。数分後、無事にファイルが復元され、画面に映像データが表示された。

「すごい！　これだよ！」

バーの店内映像は、探していた深夜二時からのものだった。閉店後のカウンターでバーテンダーがグラスを片づけ、別のスタッフがフロアの床掃除をする様子が映っている。

「ちょっと待って。これって殺人現場が映ってるかもしれないいんだよね？」

「警察はそう考えてる」

慌てて雨音は再生を止めた。

「僕はここで降りるよ。殺人現場の映像なんて見たくないから」

「そうだね。そんなの見たらトラウマになっちゃう。私たちの任務はここまで。あとは警察が確認すればいいことだし」

データをフラッシュメモリに保存して、フィオナは立ち上がった。

「コーヒー淹れるね」

「うん。ああ、これ、オートミールのクッキー焼いたんだ。よかったら」

トートバッグの中からクッキーの包みを取り出すと、フィオナが目を輝かせた。

「嬉しい！　雨音の作るお菓子、大好き！」

フィオナは料理全般が苦手なせいか、雨音の作る菓子や料理を手放しで褒めてくれる。他に手作りのクッキーを差し入れる間柄の知り合いはいないので、雨音にとっても彼女の喜ぶ顔を見るのは張り合いになっていた。

フィオナがキッチンに向かったところで、インターフォンが鳴る。

誰かが来るとは聞いていなかったので、雨音はぴくりと体を強ばらせた。フィオナも訝《いぶか》しげに「誰だろ」と呟きながらモニターで訪問者を確認する。

「どうしたの？　来るって言ってなかったじゃん」

フィオナの砕けた口調から察するに、彼氏だろうか。

数ヶ月前から彼女がつき合い始めたチャズという男が、雨音は苦手だった。良く言えばフレンドリーだが、馴《な》れ馴《な》れしくて無神経で、できれば顔を合わせたくない相手だ。

(まあ僕の場合、同世代の男はたいてい苦手なんだけど)

仕事も終わったし、さっさと帰ろう。急いでパソコンを畳んでバッグにしまっていると、玄関のドアが開いて男性の声が聞こえてきた。

「それで、映像は見つかったのか?」

明らかにチャズとは違う声だった。フィオナに協力を依頼した警察官だろうか。

「見つかったよ。頼もしい助っ人が来てくれたからね」

「こないだ話してたハッカー仲間?」

話しながら部屋に入ってきた長身の男性を目にして、雨音は危うく叫びそうになってしまった。

「なんと、これは奇遇だな」

雨音に気づいたケンプ刑事も、驚いたように目を見開いている。

「え? あなたたち知り合いなの?」

怪訝《けげん》そうなフィオナに、ケンプが「ちょっとね」と肩をすくめた。

「先日ある事件現場で遭遇したんだ」

「何それ、聞きたい」

「仕事帰りに立ち寄った店に強盗が現れて、そのときたまたま彼も居合わせてた。強盗は未遂に終わり、誰も怪我をしなかった」

ワークスペースに歩み寄りながら、ケンプが淡々と端折《はしょ》った説明をする。

「ええ？　雨音、そんなこと全然言ってなかったじゃない」

フィオナの言葉に、雨音は「仕事が終わってから話そうと思ってたんだよ」と肩をすくめた。

「じゃ、私が紹介しなくてもお互い知ってるってことね」

「まあね。改めてよろしく。フィオナの兄のワイアット・ケンプだ」

デスクを挟んだ向かいから見下ろされ、どきりとする。今日は無精髭がないせいで先日より若く見えて、それがなぜか雨音を落ち着かない気分にさせた。

「……ええ、よろしく」

視線をそらしながら、ぼそっと呟く。

——まずい。もう二度と会うことはないと思っていたので、新作小説のモデルにしてしまった。モデルにしたのは外見だけとはいえ、昨夜書いた少々エロティックなシーンがよみがえり、じわっと頬が熱くなる。

「きょうだいはいないのかと思ってた」

羞恥心をかき消そうと、雨音はフィオナのほうへ体を向けてどうでもいいことを口にした。

「ワイアットは腹違いの兄なの。幼い頃に何度か会っただけで交流が途絶えてたんだけど、六年前に私が警察沙汰になったときにパパが連絡して……」

「親父《おやじ》に揉《も》み消してくれと泣きつかれてね。揉み消しは無理だから、素直に罪を認めて反省している姿を見せたほうがいいってアドバイスしかできなかったが」

「あれはすごく効果があった。マジで」

フィオナがケンプ刑事――ワイアットと目を見交わし、くすくす笑う。

半分血の繋《つな》がった兄妹に、雨音は不思議な気分で視線を向けた。

顔はあまり似ていないが、長身で筋肉質なところが似ている。フィオナは目鼻立ちのはっきりした美人、ワイアットはワイルド系の男前で、ふたりともアメリカンコミックのヒロインやヒーロー的なところも。

「映像はこれ。最初の一、二分しか確認してないけど、日付も時刻も間違いなし」

フィオナがワイアットにメモリを手渡す。持参したタブレットにメモリを差し込んで、ワイアットはさっそく映像の確認を始めた。

「私たちは見たくないから配慮してよね」

「ああ、そうだよな。ちょっと失礼」

タブレットを持って、ワイアットがキッチンへ向かう。険しい表情で映像を早送りし、目当ての場面を見つけたらしく、「やっぱり」と呟きながらメモリを取り外した。

「助かったよ。これで一件落着だ」

「礼なら雨音に言って。雨音が見つけて復元してくれたの」

「そうか。ありがとう。きみにこんな才能があるとは知らなかったな」

「雨音は多才だよ。お菓子作るのもめっちゃ上手《うま》いし」

クッキーの袋に目をとめ、ワイアットが「きみが作ったのか」と言いながらさっそく一枚つまんで囓《かじ》る。

「……っ」

思わず雨音は息を飲んだ。

潔癖症の雨音は、よく知りもしない他人の手作りクッキーなど口にしようと思わない。店で売られているものでも店内の清潔度によっては無理なのに、ためらいなく口にするなんて信じられない。

（いや、これが普通か）

ワイアットが「すごく美味《うま》い」と言いながら二枚目に手を伸ばした。

当然だ。味に自信がなかったら持ってこない。

「ちょっと気になってるんですけど、こういうやり方で得た映像って証拠として認められるんですか?」

クッキーから意識をそらしたくて尋ねると、ワイアットが頷いた。

「厳密にはアウトだが、提出されたデータを精査して発見したと言えばいい。カメラの不具合だとか言ってこっそり削除した手前、その辺は向こうだって突っ込まれたくないだろうし」

「臨機応変ってやつね。ところで皆さん、冷凍ピザか何かでおもてなししたいところだけど、午後から授業があるの。今ならまだ間に合うから出席したいんだけど」

「いいよ、俺も署に戻らないと」

「僕も仕事があるから帰るよ」

雨音としても気詰まりだったので、ほっとしつつ帰り支度をする。

「ごめんね。今度埋め合わせするから」

「気にしないで。じゃあね」

部屋を出て、雨音は振り返らずに階段を駆け下りた。これ以上ワイアットと話さなくて済むようさっさと立ち去りたかったのだが、背後から軽快な足音が追いついてくる。

「きみ、ちょっと待って」

聞こえないふりをするのはさすがに大人げない。仕方なく雨音は、二階の踊り場で立ち止まった。

「なんでしょう」

「きみもフィオナみたいなホワイトハッカーなのか？」

「ええ、まあ。今は副業程度ですけど」

ワイアットがずかずかと近づいてきたので、あとずさって距離を取る。

「うちの署のサイバー関連は慢性的人手不足でね。外部の有識者の協力に頼ってる状態だ。フィオナも大学が忙しいからいつも頼むわけにはいかないし、差し支えなければきみも協力してもらえないかな」

窓ガラスから差し込む日差しに、ワイアットが眩しそうに目を細める。

そのとき雨音は、初めて彼の目の色が深みのある榛《はしばみいろ》色だということに気づいた。人間の瞳の中で、雨音がいちばん好きな色だ。自分の茶色い瞳は見飽きているし、青や灰色は感情が読めなくてちょっと怖い。緑と金茶色が複雑に入り交じるヘーゼルの瞳には、なぜか心を引きつけられる。

「だめ？」

ワイアットに問われ、彼の瞳に見入っていた雨音は我に返った。

「報酬は出るんですか」

「もちろん。企業みたいにたくさんは出せないし、いろいろ制約があって情報提供者への協力金という扱いになるが」

なるほど、警察の情報屋になるということか。即座に断ろうとし、いや待てよと考え直す。

刑事が出てくる小説を書いている今、願ってもないチャンスではないか。警察を取材できる機会なんてそうそうないし、いずれはロマンティックサスペンスも書いてみたいと思っているので、これを逃す手はない。

「わかりました。本業があるので、手が空いたときだけで良ければ」

雨音の返事に、ワイアットが満面の笑みを浮かべた。

「ありがとう、助かるよ。そうだ、俺の名刺を渡しておこう」

財布から名刺を取り出したワイアットが、余白に携帯の番号を書き殴る。

差し出された名刺を、雨音は素早く受け取った。

「僕の連絡先はこないだ供述調書に書いた通り。それと、事件現場の生々しい画像や動画は無理だから、そういうのを目にする可能性のある案件はパスで」

「了解」

話が成立したので、くるりと向きを変えて階段を下りる。

「フィオナとはつき合いが長いのか?」

「ええ? 言っとくけど、僕とフィオナはつき合ってるわけじゃなくてただの友達だから」

男女が一緒にいるだけでカップルだと思われることが多く、そういった風潮に不満を感じていたので、雨音は強めに主張した。

「ああ、それはわかってる。フィオナの彼氏はチャドだかチャズだかってタトゥアーティストだろ」

フィオナが義兄にチャズを紹介していたとは驚きだ。合法とはいえ、常にマリファナの臭いをまとっているあの男を。

一階のロビーに着くと、雨音はまだ質問に答えていなかったことに気づいてちらりと振り返った。

「二年くらいかな」

「どこで？」

「ゲームセンター。僕が数人の男に絡まれてるところに、フィオナが颯爽と現れて助けてくれて」

「はは、フィオナらしいな」

「じゃ、僕はここで失礼します」

建物の外に出ると、雨音は〝これ以上話しかけるな〟を極力丁寧で穏便な言い方で告げた。

しかし、ワイアットには通じなかったらしい。

「飯食っていかないか？　奢《おご》るよ」

ワイアットの誘いに、雨音は表情を取り繕うのも忘れて「いいえ、結構です」と即答した。

警察の仕事に協力はするが、刑事と個人的に親しくなるつもりはない――絶対に。

「車で来てるから送るよ」

「それもどうぞお気遣いなく」

ちょうどバスがやってくるのが見えて、雨音は振り返らずに走った。バスに乗って席に着き、大きく息を吐き出す。

自分の態度が失礼極まりないことは重々承知している。けれど、これで彼も雨音が無愛想で人付き合いの悪い人物だとわかってくれたことだろう。

(僕が接触恐怖症だって言ったの、忘れたのかな)

日々大勢の人と接する仕事なので、いちいち覚えていないのかもしれない。次に会うときまでに思い出してくれたらいいのだが。

ポケットから先ほど手渡された名刺を取り出し、携帯番号の数字に視線を落とす。躍るような、どことなくコミカルな筆跡だ。ワイアットの無骨な印象とかけ離れていて、なんだか可笑しくなってしまう。

「何かいいことがあったの？」

通路を挟んだ隣の席の老婦人に話しかけられ、慌てて雨音は表情を引き締めた。

「いえ、何も」

「そう？　なんだか楽しそうな様子だったから」

「だといいんですけど」

おざなりな作り笑いを浮かべ、雨音は名刺をポケットに突っ込んだ。

3

週が明けた月曜日、バスから降り立った雨音《あまね》は、ロサンゼルス市警察の本部ビルを見上げて目を細めた。

この道は何度も通っているのに、このビルが警察本部とは知らなかった。先日のこぢんまりした分署と違って、中に入るのに少し緊張してしまう。

——週末に快調に原稿が進んだので、今日はオフにしようと朝寝を貪っていると、ロサンゼルス市警強盗殺人課のキャプテンだという女性から電話がかかってきた。

急な依頼で申し訳ないが、手を貸して欲しい——丁重な言葉遣いとソフトな口調、しかしイエスという返事しか受け付けないと言わんばかりの押しの強さがあり、雨音は苦笑しつつ承諾した。

(僕にできる範囲の仕事ならいいんだけど)

正面エントランスへ向かって歩いていると、パトカーが一台滑り込んできてエントランス前に停車した。助手席から降り立った長身でがっちりした体格の男性の後ろ姿に、ぎくりとして立ち止まる。

「ほら、着いたぞ」

陽気な口調で言って後部座席のドアを開けたのは、やはりワイアットだった。

刑事はデスクワークより外にいる時間のほうが長いだろうから、顔を合わせる確率は半分以下だと思っていたのだが……。

「俺は降りねえぞ！　納得いかねえ！」

さっさと建物の中に入ろうと足を踏み出したとたん、パトカーの中から罵声が聞こえてきて足がすくむ。

「納得いかなくても降りるんだよ」

大声で喚《わめ》きまくっている男の首根っこを掴《つか》んで、ワイアットが後部座席から引きずり下ろす。

「放せ！　なんで俺だけ捕まってあいつら野放しなんだよ？　おかしいだろ！」

手錠をかけられた中年の男も、ワイアットに負けず劣らず体格がよかった。人を見た目で判断してはいけないが、見るからにやばそうな人物だ。

「話は中でゆっくり聞いてやるよ。ほら、歩くんだ」

「うるせえ！　俺は何もやってねえ！」

パトカーから降ろされた男が派手に暴れ始める。運転席から降りてきた制服姿の警察官も加勢するが、男は奇声を上げて警官に頭突きを食らわせた。

どうやら本気で逃げようとしているらしい。逃げたら撃たれても仕方がない状況だというのに、アルコールか薬物で完全に正気を失っているのだろう。

「いい加減にしろ！」

それまでうっすら笑みさえ浮かべていたワイアットが、真顔になって男を足払いして地面に押さえつける。

「おまえら全員ぶち殺してやる！　全員だ！」

男の暴言に、雨音は体を凍りつかせた。

怒鳴り声や暴力は本当に苦手だ。一時期格闘技ゲームにはまっていたこともあるが、仮想空間と現実のそれはまったく違う。警察が紳士的に振る舞っていたら仕事にならないのは理解しているが、やはり荒っぽい言動を目の当たりにすると怖かった。

感じが良くて人当たりが良くても、やはり警察関係者は自分とはまったく違うカテゴリに属している。一生交わることのない、別世界の住人だ――。

建物の中から数人の警官が走り出てきて、はっと我に返る。急いで立ち去ろうとしたそのとき、男に馬乗りになっているワイアットと目が合ってしまった。

「やあ、来てくれたんだ」

暴れる男を押さえつけながら、ワイアットがにかっと笑って白い歯を見せる。

この場にふさわしくない笑顔に、雨音は最大限に顔をしかめた。

雨音的には衝撃の一大事だが、ワイアットにとっては日常茶飯事なのだろう。それにしても、この状況で笑顔で声をかけてくるなんて、本当に理解に苦しむ。

(現実の刑事ってこんなもんか。小説のヒーローにはもうちょっとデリカシーを持たせよう)

くるりと背を向け、雨音は早足でエントランスへ向かった。

——二時間後。情報分析室というプレートのついた小さな部屋で、雨音はパソコンのモニターを睨《にら》みつけていた。

与えられた任務は、ある殺人事件の容疑者の交友関係を探ること。

渡された資料によると、容疑者は羽振りのいい実業家で、完璧なアリバイがある。しかし警察は、目障りな存在を消すために誰かを雇った可能性が高いと考えているらしい。

資料を読み込んで、雨音はまず容疑者の自宅のネットワークに侵入を試みた。ブランクがあるので少々手こずったが、容疑者の私物のパソコンへのアクセスに成功した。

ここまで来れば、あとは時間をかけて調べるだけだ。閲覧履歴と検索履歴を精査し、容疑者がたびたびエスコートサービスを利用していたことが判明し……。

(まったく、どいつもこいつも)

エスコートサービスは、要するに売春の斡旋業《あっせんぎょう》だ。世の中、若い女性を買いたがる中年の既婚男性が多すぎて嫌になる。

容疑者が利用したエスコートサービスを片っ端から調べ、ハリウッドにある高級店のシステムに侵入することができた。顧客情報から容疑者が上得意だったことがわかり、念のため主任警部を呼んで確認してもらう。

強盗殺人課の主任警部――電話の印象通りの女性だった――ボニー・ラファロは、雨音が突き止めた情報に大いに満足したようだった。

「この店は売春斡旋以外も手広くやってるって噂《うわさ》があったんだけど、なかなか尻尾《しっぽ》を摑めなかったの。まさか今回の容疑者が、あの店と繋《つな》がってたとはね」

「常連客だというだけで、殺人事件との関連はわかりませんが……」

雨音の言葉に、ラファロがにやりと笑った。

「充分すぎる情報よ。可能であれば経営者の資産状況も探り出してくれる？　特に、不審な金の動きがないか」

「やってみます」

「疲れたでしょう。廊下の奥に休憩室があるから自由に使ってちょうだい」

「じゃあ遠慮なく」

座りっぱなしで目を酷使したので、少し休むことにする。立ち上がって伸びをして、雨音は休憩室へ向かった。

ガラス張りの休憩室は、幸い無人だった。コーヒーマシンとジュースの自販機、バナナ、シリアルバー、ドーナツなどの軽食も置かれている。

コーヒーと軽食、冷蔵庫のミネラルウォーターは無料らしい。コーヒーを飲むことにして、雨音はコーヒーマシンの前に立った。

カフェで見かけるような、なかなか本格的な機械だ。上層部にコーヒーの味にうるさい人でもいるのだろうか。

紙コップをセットし、ボタンを押す。しかし機械音がうるさく鳴り響くだけで、一向にコーヒーが出てこない。

「ああ、豆が切れてるからセットしないと」

ふいに真後ろから声が降ってきて、雨音は驚いて飛び上がった。

振り返ると間近に青いワイシャツに包まれた厚い胸板が迫っており、口から悲鳴が漏れる。

「悪い……驚かせるつもりはなかったんだが」

悲鳴を上げた雨音に、ワイアットが面食らったように両手を挙げた。

「先日も言ったように僕は接触恐怖症なんです。話しかける際は一メートル以上距離を取ってください」

壁際まであとずさり、肩で息をしながらワイアットを睨みつける。

失礼な態度だということは重々承知している。けれど彼にどう思われようと構わないし、面倒な奴《やつ》だと避けてくれたほうがありがたい。

「わかった、気をつけるよ」

雨音の過剰な反応を笑ったり茶化したりすることなく、ワイアットは神妙な面持ちで頷《うなず》いた。

「このランプが点滅してたら、ここに置いてある豆を一袋ぶち込む。豆を使い切ったら補充しておくことになってるんだが、やらない人も多いんでね」

コーヒー豆の投入口を開けて、ワイアットが豆を流し込む。

「で、このボタンを押せば完了」

マシンが豆を挽《ひ》き始め、芳しい香りが鼻孔をくすぐった。

「……どうも」

紙コップに抽出されたコーヒーを手に取り、ぼそっと呟《つぶや》く。

「どういたしまして。砂糖とミルクはここだ」

「僕はブラック派だから」

「そうなのか？　てっきり砂糖入り、ミルク多め派かと」

「………」

これは驚いた。例の強盗未遂事件の際、分署でコーヒーを頼んだときのことを覚えていたらしい。考えてみれば、刑事は観察と記憶が不可欠な職業だ。

「あのときは糖分が必要だったから」

「確かに」

くすりと笑い、ワイアットが私物らしい巨大なマグカップをセットする。

ボタンを押したワイアットは、カウンターに置かれた軽食の中からバナナを一本手に取った。

(あ、やっぱり熟れすぎのバナナはだめなんだ)

ワイアットが選んだのは、雨音ならもう少し寝かせておこうと思うような、青みの残るバナナだ。見ているだけで口の中に渋みと酸味が広がり、思わず眉根を寄せる。

「距離を取れば一緒にいても大丈夫?」

「構いませんが、僕は一緒にいて楽しいタイプじゃないですよ」

「そうでもないよ」

言いながら、ワイアットがテーブルを挟んだ斜め向かいに着席した。

榛色《はしばみいろ》の目でじっと見つめられ、雨音の中で警報が鳴り響く。

——この眼差《まなざ》しは良くない兆候だ。

雨音は日頃地味で目立たない存在なのに、なぜか一部の男性を引き寄せてしまう。学校でいじめられたときも、歪《ゆが》んだ好意の発露だったケースが何度かあった。

自分の何が彼らを引き寄せるのかわからない。好きな人に想《おも》われるなら嬉《うれ》しいのだろうが、雨音の場合まったく興味のない相手ばかりで、正直なところ迷惑でしかなかった。

(……僕の勘違いならいいんだけど)

そうであって欲しい。新作のヒーローのモデルにはしているが、ワイアットとどうこうなりたいなんて微塵《みじん》も思っていない。

ほんの三口ほどでバナナを食べ終えたワイアットが、絶妙なコントロールで皮をゴミ箱に投げ入れてこちらに向き直った。

「キャプテンに聞いたよ。例の容疑者とギャングの接点を見つけてくれたんだってな」

「ギャング？」

「ああ、えっと、これはオフレコなんだが、あのエスコートサービスはギャングの稼業のひとつなんだ。ここ数年マークしてるんだけど、なかなか尻尾を出さなくてね。今回の容疑者から芋づる式にいろいろ出てきそうで、キャプテンが喜んでたよ」

「お役に立てて良かったです」

素っ気なく言って、雨音は目をそらした。けれど自分の働きが無駄ではなかったことが嬉しくて、心の中でぐっと拳を握り締める。

「報酬の件、キャプテンから聞いた？」

「聞きました」

仕事を始める前に、守秘義務やらなんやらの誓約書にサインもさせられた。そのとき疑問に思ったことが、つい口から出てしまう。

「サイバー関連の捜査協力って結構センシティブな情報に触れる機会があると思うけど、僕みたいな素性のはっきりしない人間を雇って大丈夫なの？」

雨音の質問に、ワイアットがマグカップのコーヒーを飲み干してから口を開く。

「もちろん、協力を依頼する人物の身元調査はしてるよ。きみの場合は……気を悪くしないで欲しいんだが、先日の強盗未遂事件の際に調査済みだ。ああいった事件が起きた場合、現場に居合わせた人物はすべて調べる手筈《てはず》になってるんでね」

「………」

なるほど、共犯の可能性を考慮してのことか。捜査上必要な手順だとわかっていても、知らない間に身元調査されたというのはあまりいい気分ではなかった。

警察は――ワイアットはどこまで知っているのだろう。ライターだと名乗ったが、書いているのがロマンス小説だと知られている可能性が高いことに、じわっと頬が熱くなる。

「ところで」

ワイアットが何か言いかけたとたん、誰かが休憩室の扉を開けた。

「ケンプ、ちょっと来てくれ」

ワイアットと同世代の男性が、ちらりと雨音のほうを見やりつつ手招きする。

「ああ。じゃあまた」

ワイアットが立ち上がり、マグカップをシンクに置いて慌ただしく立ち去っていく。

休憩室にひとりになり、雨音はほっとして小さく息を吐き出した。

自分もそろそろ仕事に戻って、エスコートサービスの資産状況を探らねば。

(あの店の経営者、ギャングなんだ)

普通に暮らしていたら接点のない世界を垣間見《かいまみ》て、好奇心が刺激される。

同時に、これは映画やドラマではなく現実だということを自分に言い聞かせた。

この仕事は長くは続けられないかもしれない。ハッキングの能力はそれほど衰えていなかったが、関わり続けているとメンタルがやられそうな気がする。

(警察の人たちってほんとすごいよ)

人間の汚い面を嫌というほど見せられ続けて、どうやって心の平穏を保っているのだろう。

「割り切って、鈍感になるしかないのかな」

独りごちて、雨音も休憩室をあとにした。


ラッシュアワーの洗礼を受けつつアパートにたどり着くと、時刻は午後七時を過ぎていた。

(結局一日仕事になっちゃったな)

半日程度で切り上げるつもりだったが、小説の仕事と違って自分で退勤時刻を決めるわけにはいかない。今後は仕事を受ける際、何時から何時までとはっきり申し出ようと決める。

郵便受けからダイレクトメールを取り出し、雨音は階段を一段一段踏みしめながら上った。

築五十年以上のこの建物にエレベーターはなく、階段も住人が上り下りするたび軋《きし》んだ音を立てる。廊下のカーペットは色褪《あ》せてすり切れ、照明もぼんやりと薄暗く、内覧に来たときの第一印象は良くなかった。

けれど室内はリフォームされて綺麗《きれい》だったし、案内してくれた住み込みの管理人も感じが良かった。いくつかの候補の中から消去法でこの物件に決め、住み始めてそろそろ二年になる。

最上階の五階にたどり着き、雨音はショルダーバッグから鍵を取り出した。廊下の左右に五つずつ並んだドアの、左側の手前から二番目で立ち止まる。

鍵を開け、ドアノブをまわして部屋に足を踏み入れる。日常生活で雨音が幸せを感じる瞬間のひとつだ。自分だけの空間にひとりきりになって、ようやく心からくつろぐことができる。

「ただいま」

小声で呟いて、雨音はショルダーバッグをドアのそばの定位置に掛けた。

右側がキッチン、カウンターの向こうに小さなダイニングテーブル、その向こうがリビング。左側に寝室とバスルームへ続くドアがある。

１ＢＲ《ワンベッドルーム》——日本風に言うと１ＬＤＫの間取りのこの部屋は、広々しているとは言い難い。郊外に行けばもっと広くて安い物件もあるが、車が必須だ。車を所有すると維持費もかかるわけで、特にドライブ好きでもない雨音は不要と判断した。

家賃や生活費の高いＬＡを脱出し、州内の小都市に引っ越すという選択肢もある。けれどこの街に居残り続けているのは、人口の少ない場所では雨音のような異質な存在はどうしても浮いてしまうからだ。

周囲と馴染《なじ》めないのは別に構わない。これまでもそうやって生きてきた。

雨音が恐れているのは、異質な存在が攻撃対象になりやすいこと。アジア人で同性愛者で男のロマンス小説家でその上女装愛好家とくれば、なるべく目立たないように群衆に紛れ込んで息を潜めて生きていくしかない。

(夕食の前に、まずはシャワーだな)

着替えを取りに寝室へ行こうとし、雨音はふと視界をよぎった違和感に立ち止まった。

ダイニングテーブルが、ほんの少しずれている。

気のせいかと思ったが、床板に目をやって自分の勘違いではないことを確信した。

雨音は家具や物がきっちり定位置にないと気が済まないタイプだ。几帳面《きちょうめん》を通り越して少々偏執的だという自覚はある。

パイン材のダイニングテーブルは軽くて動きやすく、使うたびに床板のラインに合わせて直している。今朝も朝食のあと、わずかにずれたテーブルを直した記憶があるのだが……。

(まさか、部屋に誰かが入った?)

その可能性に、全身から血の気が引いていく。

正面エントランスはオートロック式だが、住人の出入りに乗じて入ろうと思えば入れる。配達員を装って住人にロックを解除させる手口も横行しているらしいし、部屋のドアには鍵が二個ついているものの、プロの泥棒ならさほど手間取らずに解錠できるのではないか。

急いで貴重品を入れてある引き出しを確かめると、現金も小切手帳もすべて無事だった。テレビ、パソコンなどの電化製品も手つかずで、寝室も何も異常はない。

ドアの鍵にも無理やりこじ開けた形跡はなく、だんだん雨音は自分が過剰反応しているだけなのではという気がしてきた。

(警察の仕事に関わり始めたせいで、ちょっと神経過敏になってるのかも)

リビングの中央に立ち、ぐるりと部屋を見まわす。

今朝は急な電話に少々動揺していたので、テーブルを直したのは記憶違いかもしれない。あるいは、出かける準備をしているときに体が当たったとか。

(きっとそうだ)

自分に言い聞かせ、雨音はシャワーを浴びにバスルームへ向かった。

シャワーを浴びてさっぱりし、昨日鍋いっぱいに作ったチリコンカンにバターライスとサラダを添えて夕食にして、食後のコーヒーを飲む頃には雨音はすっかり落ち着きを取り戻していた。

(今日思いついたエピソード、忘れないうちに書いてしまおう)

パソコンを立ち上げ、書きかけの小説のファイルを開く。

事件にまつわるエピソードを書き足し、生じた矛盾を手直しし、今夜はこれくらいにしておこうとファイルを閉じたところで、いや待てよと再びファイルを開く。

ヒロインが事件についてヒーローと話すシーンに、今日のあれ——ワイアットの眼差しに好意が含まれているように感じた件を入れてはどうだろう。

（とりあえず書いてみて、しっくり来なかったら消せばいいし）

身近な人物をモデルにしていることへの後ろめたさを感じつつ、キーボードを叩《たた》く。


——そのときマデリンは、ジェイクの瞳が熱を帯びていることに気づいた。

気のせいよ。そう思って目をそらすが、彼の視線はマデリンの横顔を執拗《しつよう》に追いかけてくる。

そんなことある？　女性にもてもてのセクシーな刑事が、私みたいな冴《さ》えない司書に興味を持つなんて、そんなことが？

頰の辺りに彼の視線を感じて、本をめくる指がかすかに震える。

どうしよう、顔が赤くなってないかしら？　密《ひそ》かにジェイクを意識していることを、本人には知られたくないのに——。


キーボードを打つ手を止め、雨音は顔をしかめた。

気恥ずかしさとむず痒《がゆ》さと罪悪感が一気に押し寄せてきて、叫び出したくなる。

同時に、これまでの執筆中に感じたことのない奇妙な感覚に戸惑った。

他のロマンス作家はどうなのか知らないが、雨音は登場人物にさほど感情移入しないタイプだ。ヒーローとヒロインの恋を、第三者の視点で眺めている感じと言えばいいのだろうか。

今までは映画を観《み》ているような感覚で書いていたのに、なぜか急に自分がスクリーンの中でヒロインを演じているような感覚に囚《とら》われ……。

(これって僕が小説家として一皮剝《む》けるために必要なことなのかも)

前向きに捉えることにして、再びパソコンに向かう。

このあとは初挑戦のエロティックなシーンが控えている。ジェイクが帰ってひとりになったマデリンが、彼の眼差しを思い出しながら火照った体を慰めるのだ。

これまで雨音は自慰描写を避けてきた。しかしポーラから再三ヒロインの性欲を描くことを勧められてきたし、今回のストーリーではそういった描写が活《い》きる気がして取り入れてみることにしたのだ。


——窓ガラス越しにジェイクの後ろ姿を見送ったマデリンは、体の芯に覚えのある熱が這《は》い上がってくるのを感じた。

これはジェイクとは関係ないわ。そう考えて彼の残像を振り払おうとするが、熱っぽい眼差しがありありとよみがえり……。

書いては消し、消した文章を元に戻し、試行錯誤しつつキーボードを叩く。

ジェイクを思いながら自らの体を愛撫《あいぶ》するマデリンを書いているうちに、雨音はだんだん妙な気分になってきた。

「もう、なんなんだよ?」

小声で悪態をつき、執筆を中断する。ファイルを保存し、パソコンの電源を落とすと、雨音は寝室に駆け込んでドアを閉め、大きく深呼吸した。

こんなことは今までなかった。ヒロインの欲情の描写に、己の体も連動するなんて。

そしてヒロインの行動を自ら再現しようなんて、考えたこともなかったのに。

下着の引き出しを開け、通販で買ったばかりのラベンダー色のランジェリーを手に取る。

部屋着のTシャツとハーフパンツを脱ぎ捨てて、雨音は胸元にレースがあしらわれたキャミソールとお揃《そろ》いのビキニショーツを身につけた。

「……っ」

サテンの艶やかな生地の手触りに、思わず吐息が漏れてしまう。

できればメイクをしてウィッグを被《かぶ》りたいが、もうそんな余裕はなかった。ベッドに仰向《あおむ》けに横たわり、布地の上から胸に手を這わせる。

硬く凝《しこ》った乳首が、なめらかな布地をつんと持ち上げて愛撫を待ちわびていた。

もじもじと腰を揺らし、脚の間の窮屈な感触を愉《たの》しむ。女装愛好者用にペニスの膨らみを考慮したカッティングのショーツもあるが、雨音は女性用のぴったりフィットするショーツに圧迫されるのが好きなのだ。

小ぶりなサイズとはいえ、さすがにビキニタイプのショーツからははみ出してしまう。けれど誰かに見せるわけではないので、気にせず続けることにする。

「あ……」

着替えたとき、既に勃起していたペニスから、とろりと先走りが溢《あふ》れた。

張り詰めたサテンの布地に淫らな染みが広がるさまに、興奮が高まっていく。

手を伸ばし、雨音はショーツの上からそっとペニスを指先でなぞった。

先ほど書いたシーンを再現しようと、目を閉じる。マデリンが、ジェイクの大きな手に触れられるところを想像しながら熱く潤った秘部に触れる場面——。

しかし雨音の脳裏に浮かんだのは、ワイアットの大きな手で愛撫される自分の姿だった。

「……っ！」

がばっと体を起こし、おかしな妄想を振り払う。

(これはマデリンの心情を理解するための行為であって、ワイアットとは関係ない、まったく、全然)

そう自分に言い聞かせるが、妄想は止まらなかった。

ワイアットに興味があるわけじゃない。彼は自分の好みとは正反対だ。

なのに、逞《たくま》しい体に組み敷かれて快感に喘《あえ》ぐ自分の姿がありありと浮かび上がる。

妄想はやけにリアルで、火照った肌をワイアットの大きな手にまさぐられているような錯覚に陥り――。

「……ああっ！」

唐突に絶頂が訪れ、ショーツの中に白濁が迸《ほとばし》る。

ほとんど触れることなく射精してしまったことに、雨音はひどく狼狽《うろた》えた。

（何、今の……）

動揺する気持ちとは裏腹に、余韻はこの上なく心地よかった。

汚してしまったショーツをぼんやり眺めながら、妄想の残像を振り払う。

――たかが自慰だ。何を思い浮かべようと、深い意味などない。

けれど身近な男性とのセックスを想像しながら射精したのは初めてで、これには何か意味があるのではないかと眉根を寄せる。

（別に好きじゃないし、彼に抱かれたいとも思ってないし）

性欲は人並みにあるが、ディルドやバイブを使ったオナニーで充分満足している。生身の人間と抱き合うなんて考えただけで鳥肌が立つし、特にワイアットみたいな逞しい男には恐怖感しかない。

（このところ、なんか調子がおかしい……）

おかしくなったのはいつからだろう。

ヒーローに駄目出しされて、刑事か消防士にしろと言われてから？　強盗未遂事件に遭遇し、ワイアットと顔見知りになってから？

考えようとしても、頭にピンクの靄《もや》がかかっている。今はあれこれ考えるのをやめて、この甘美な倦怠感《けんたいかん》に身を委ねようと雨音は目を閉じた。

4

ロサンゼルス市警察は、深刻な人手不足らしい。

本部での初仕事から四日後、雨音は再び情報分析室でパソコンのモニターに向かっていた。

本当は昨日も協力の要請があったのだが、原稿が遅れ気味だったので断った。今日もあまり気が進まなかったものの、フィオナから電話がかかってきて、彼女と一緒ならと重い腰を上げたのだ。

「火曜日は全部チェック終了。そっちはどう？」

隣のデスクで作業しているフィオナに声をかけると、低い呻《うめ》き声が返ってきた。

「月曜日の……今やっと二十一時」

「じゃあ水曜日の分行くね」

今日雨音とフィオナが命じられたのは、交通監視カメラの分析だ。とある交差点を三台の車が通過した日時を割り出すこと。

ナンバーの読み取りは機械がやってくれるが、正確に読み取れていない場合も多いので手作業でチェックしていくしかない。

ハッキングとは無関係の、地道で根気のいる作業だ。最初はなぜ自分たちが呼ばれたのかわからなかったが、複数の交通監視カメラの数ヶ月分の映像を分析するため、猫の手も借りたい状態らしい。

「これって数字めっちゃ見づらくない？　もうちょっと解像度が高いと助かるんだけど」

「僕もう既に目がやばいよ。この作業、半日が限度だな」

「雨音、今日は三時までだっけ」

「うん。渋滞に巻き込まれる前に帰りたいから」

「私も課題があるから早めに切り上げよう。これ集中力が続かないって。マジ無理」

ぶつくさ言いつつ、フィオナは手を休めず食い入るようにモニターを見つめている。

雨音も凝った肩をほぐしながら、水曜日のデータに取りかかった。

単調で面白みのない作業に眠気を堪《こら》えていると、やがて頭の片隅に雑念が生じ始める。

今日はまだワイアットの姿を見かけていない。強盗殺人課のフロアが閑散としていたので、何か事件が起きて出動中なのだろう。

今頃凶暴な犯罪者と対峙《たいじ》しているのだろうか。原稿執筆のために刑事が主人公の映画やドラマをいくつか観たのだが、現実の刑事もあんなふうにしょっちゅう危険な目に遭っているのだろうか……。

「やあ、今日はふたり一緒か」

「っ⁉」

今まさに頭に浮かんでいた人物の声に、雨音はぎょっとして振り返った。

情報分析室にずかずかと入ってきたワイアットが、雨音の隣の椅子にどさりと腰を下ろす。

「交通監視カメラの分析か。目が疲れるだろ」

「めっちゃ疲れる。なんかもうちょっと効率のいいやり方があればいいんだけど」

ワイアットを見やり、フィオナが唇を尖《とが》らせる。

「いちばんいいのは、ナンバーの読み取りの精度を上げることだろうな」

「ほんとそれ。まずは性能のいいカメラが必要だね。こんな解像度の低い映像じゃ、正確に読み取れないし」

「莫大《ばくだい》な費用がかかるから、まず無理だな」

ワイアットの現実的な言葉に、フィオナが子供っぽいブーイングで応じる。

兄妹の会話に耳を傾けつつ、雨音はワイアットが現れたことに内心ひどく動揺していた。視線をモニターに向けたまま、早く立ち去ってくれと強く念じる。

今の感情を言葉にするとしたら、〝ばつが悪い〟だろうか。

ワイアットに抱かれるところを想像しながら自慰に耽《ふけ》ってしまった——それも一回きりではなく、二度三度と。

（あれはヒロインの心情を理解するための、言ってみれば取材みたいなものだから）

心の中で釈明するが、居心地の悪さは解消されなかった。

ふいに電話の着信音が鳴り響き、びくっと体が震える。デスクに置いたスマホを摑んだフィオナが、「やば、教授からだ」と呟いた。

「ごめん、この電話は出ないと」

フィオナが慌ただしく部屋を出て行き、ワイアットとふたりきりになる。

(落ち着け。彼は何も知らないんだから、普通にしてれば大丈夫)

しかし意識するまいとすればするほど、体が強《こわ》ばっていく。早く出て行ってくれればいいのに、ワイアットはわざわざ身を乗り出して雨音が見ているモニターを覗《のぞ》き込んできた。

「今日は何時まで?」

「三時」

「俺も今日は早めに上がれそうなんだけど、一緒に飯食いに行かないか」

ワイアットの誘いに、雨音はもう少しで「はあ?」と言いそうになってしまった。すんでのところで飲み込んで、「遠慮しとく」と素っ気なく言い放つ。

「じゃあコーヒーは? ここの休憩室じゃなくて、近くに洒落《しゃれ》たカフェがあるんだ」

雨音の拒絶に怯《ひる》むことなく、ワイアットがたたみかけてきた。

(洒落たカフェだと?)

一般的に、人はなんとも思っていない相手を洒落たカフェに誘ったりしない。お洒落カフェ愛好家なら話は別だが、ワイアットがインスタ映えするカフェ巡りを趣味としているようには見えない。

くるりと椅子を回転させ、雨音はワイアットの顔を正面から見据えた。

この際はっきりさせておいたほうがよさそうだ。曖昧な駆け引きは苦手だし、そもそもワイアットと駆け引きをする気もない。

「僕を口説こうとしてるんですか？」

雨音の直球に、ワイアットが面食らったように目を瞬《しばたた》かせた。数秒間雨音の顔を凝視し、困ったように前髪をかき上げる。

「それが……自分でもよくわからないんだ」

「何それ。違うなら違うって言えばいいじゃん」

ワイアットの煮え切らない返答を、雨音は苛々《いらいら》しながら遮った。

「本当にわからないんだ。今まで同性とつき合ったことないし、惹《ひ》かれたこともないから」

「そんなあやふやな状態でよく誘えるね。面倒なことになるんじゃないかとか、不安にならないの？」

自分でも辛辣な言い方だという自覚はあったが、苛立ちに任せてぶつけてしまう。

雨音の無礼な態度に気を悪くしたふうもなく――むしろ面白そうに笑みを浮かべながら、ワイアットが軽く肩をすくめてみせた。

「こういうのって考えて答えが出るもんじゃないだろ？　まずはデートに誘って、一緒に過ごしてみないと」

「……っ」

ワイアットの口から不意打ちで飛び出したデートという単語に、雨音はかあっと頬が熱くなるのを止められなかった。

このタイミングで赤面なんかしたら誤解されてしまう。顔を背けるようにしてモニターに目を向け、どくどく脈打つ心臓を鎮めようと唇を噛《か》みしめた。

(やっぱりこの人とは合わない、まったく、全然)

雨音は石橋を叩いて渡る慎重派だ。よくわからないけどとりあえず行動する、という選択肢はない。

ワイアットの能天気な思考に呆《あき》れつつ、頭の片隅に「それも一理あるのでは?」という思いもちらりとよぎる。

雨音は考えすぎて動けなくなるタイプだ。けど、悪いことばかりではない。おかげで妙な男に引っかからずに済んでいるし、取り返しがつかないような深刻な失敗もしたことがない。

だんだん気持ちが落ち着いてきて、雨音はワイアットのほうへ向き直った。

「そういうの、ストレートのいっときの気の迷いだから」

ばっさり斬り捨てると、ワイアットがはははっと声を立てて笑った。

「きみは? 同性は恋愛対象になる?」

デリケートな領域の質問に、思わず顔をしかめる。

「ノーコメント。答える義理ないし」

「ま、そうだよな。俺のほうは全部ぶっちゃけたらすっきりしたよ。それと、きみのことがますます気に入った。近々一緒に飯を食おう」

拒絶されてもへこたれないワイアットに、雨音は苛立ちつつも感心した。

けれど彼とつき合う気はないし、この行き当たりばったりな強引さも好きになれそうにない。

少し考えて、雨音は「恋の吊《つ》り橋効果って知ってる？」と口にした。

「ああ、聞いたことあるな」

「強盗に出くわしたときにたまたま僕がその場にいたから、なんかそんな気になってるだけじゃない？」

「俺が不安でどきどきして、それを恋愛感情と錯覚した？　だったら毎日事件現場で容疑者や同僚に惚《ほ》れてるはずだが、一度もそんな経験ないよ」

「仕事中はそうでも、あのときは非番だったでしょ」

「なるほどね。プライベートでの出会いだったからってわけか。だけど……」

ワイアットが何か言いかけたところで、ドアが開いてフィオナが戻ってきた。

「まだいたの？　ここでのんびりサボってて大丈夫？」

「サボってるわけじゃないさ。きみたちの仕事のサポートだ」

「ただ座っておしゃべりしてるだけなのに?」

フィオナの突っ込みに、ワイアットが軽く肩をすくめた。

「じゃあ俺はそろそろ失礼するよ」

言いながら立ち上がったので、雨音はほっと胸を撫《な》で下ろした。

けれどほっとしたのも束《つか》の間《ま》、ドアの手前で振り返ったワイアットに「気が変わったら電話してくれ」と言われ、眉間に盛大な皺《しわ》が寄ってしまう。

「なんの話?」

興味津々といった表情のフィオナに問われ、「なんでもない」と即答する。

言ってから、いかにも嘘《うそ》っぽかっただろうかと思ったが、他にどう言えばいいのか。

(仕事の話って言えばよかったのかも)

席に戻って仕事を再開したフィオナが何も言わないので、雨音も三時までに少しでも作業を進めようとモニターに向かった。

情報分析室に静寂が訪れ、平常心を取り戻したそのとき。

「もしかして口説かれた?」

「……ええ⁉」

不意打ちの質問に思わず声を上げると、フィオナがにやりと笑う。

「やっぱりね。そんな予感はしてたんだ」

「予感って……いつから？」

否定することも忘れて尋ねると、フィオナが椅子を回転させて宙を見上げた。

「うちで鉢合わせしたとき、ワイアットがず――っと雨音のこと見てたから」

なんだそんなことか、と雨音は緊張を解いた。

「妹に近づく不審人物としてチェックしてただけじゃない？」

「違うね。前にチャズを紹介したとき、ちらっと一瞥《いちべつ》してあとは興味なさそうだったもん」

フィオナに顔を覗き込まれ、雨音は小さくため息をついた。ワイアットに口説かれているのは事実だし、必死で隠すほどのことでもない。

「こういうの、よくあるの？」

「ワイアットが恋多き男かどうかってこと？」

「……うん」

「どうだろ。私はワイアットと一緒に暮らしたことないし、話をするようになったのもここ一、二年くらいだし」

だけど、とフィオナが続ける。

「パパによると、高校時代はめっちゃもててたって。アメフト部の花形選手で成績も優秀とくれば、想像つくでしょ」

「チアリーダーの誘蛾灯《ゆうがとう》か」

「そういうこと。だけどワイアットは恋愛には無頓着で、来る者拒まず去る者追わずって感じだったらしいけどね。大学を一年で辞めて海軍に入隊して、軍時代もそれなりにつき合いはあったみたいだけど、親に紹介するような相手はなし」

「海軍にいたんだ……」

「五年くらいかな。軍時代の上司の誘いでLAPDに入ったたって言ってた」

なるほど、強盗未遂事件の際の機敏な動きは、軍隊仕込みだったわけだ。

「警察に入ってからも、積極的に恋愛活動してないと思う。ちょっと前に、仕事最優先だから出会いがないってこぼしてたし。そういや感謝祭とかクリスマスとかでうちに来るとき、恋人を連れてきたこと一度もないな」

「………」

モニターに視線を向け、雨音は無意識に唇を噛んだ。

ワイアットがもてるというのはよくわかる。そして雨音の経験上、もてる男というのはほぼ確実に遊び人だ。親に恋人を紹介しないのは、真剣なつき合いではないから。

(遊ばれるのはごめんだ。しかもストレートだし)

たまにふらりと同性に惹かれるストレートもいるが、たいていは上手《うま》くいかない。ゲイ向けのネットコミュニティで、そういう経験談を散々見聞きしてきた。

「雨音の好みのタイプじゃないのはわかってるけど、ワイアットはかなりの優良物件だと思うよ。真面目で仕事熱心だし、私が知る限り誠実で頼りになるし」

「どうかな。僕はいろいろ面倒くさいタイプだし、上手くいかないと思う」

「試すだけ試してみたら？　食事に行くくらいなら何も失うものはないじゃん」

フィオナの言葉に、雨音は曖昧に微笑《ほほえ》んでモニターに向き直った。

あり得ない、絶対に。

アメフト部とか海軍とか、雨音がもっとも苦手とする領域の出身と知ってしまった今、デートの可能性はゼロになった。

「うわ、三時まであと三十分だ」

時計に目をやって、フィオナとの会話を終わらせる。ワイアットを頭から追い出し、雨音は仕事に集中することにした。


バスを降りて、早足でアパートへ向かう。

雨音の頭の中は、早く帰って部屋でひとりになりたいという気持ちでいっぱいだった。三時に上がらせてもらったので、今日は渋滞に巻き込まれずに済んだ。けれどワイアットとの一件が多大なストレスを与えたらしく、仕事が終わると疲労困憊《こんぱい》状態になっていた。

（夕食の買い物もしたいけど、まずは家に帰ってカモミールティを飲みたい……）

あまり食欲がないので、夕飯もオートミールと果物くらいでいいかもしれない。シャワーを浴びてさっぱりして、原稿の続きを書くか、それとも映画でも観るか。

(起きてたら余計なことばっかり考えちゃうから、今夜は早めに寝よう)

そう決めて、アパートのエントランスの扉を開ける。郵便受けを確かめて階段を上ろうとした雨音は、一階のいちばん手前、管理人室のドアが半分ほど開いていることに気づいた。

(不用心だな)

修理か何かで呼び出され、急いで部屋をあとにしたのだろうか。

雨音がこのアパートの内覧に来たときは年配の男性が管理人だったが、半年ほど前に引退して州の北部へ引っ越していった。その後着任したのは五十前後の男性で、前任者と比べるとあまり仕事熱心とは言えない人物だ。

『前の管理人はすぐに対応してくれたのに、今度の人は何度も催促しないとやってくれないのよ』

廊下で顔を合わせた住人の女性が、天井の切れた電球を指さしてため息をついていたのを思い出す。

管理人が替わってから、共用部の掃除も疎《おろそ》かになっている。自分が神経質すぎるのだろうかと苦情をためらっていたが、階段を数段上ったところでクッキーか何かが粉々に踏み潰されているのを見て、雨音はくるりと向きを変えた。

（やっぱりひとこと言っておこう）

管理人室の前に立ち、軽くドアをノックしながら「ヒックスさん、いらっしゃいますか？」と声をかける。

返事はなかった。けれど部屋の奥からテレビかラジオの音が聞こえるので、留守というわけではなさそうだ。

「失礼、ちょっと開けますよ」

声を張り上げて、ドアを押す。

室内は雨音の部屋と同じ間取りで、手前にキッチン、その向こうにリビング、つけっぱなしのテレビの画面には野球の試合が映っていた。

何かおかしい。修理か何かで呼ばれたとしても、ドアくらい閉めていくはずだ。あの管理人が、テレビ観戦を中断して急いで出動するとは思えないし。

「誰かいませんか？」

戸口に立って室内を覗き込む。前のめりになって体勢を崩した雨音は、室内に一歩足を踏み入れてしまった。

「――!?」

キッチンの床に誰かの足が見えて、ぎょっとする。

慌てて雨音はキッチンへ駆け込んだ。

「大丈夫ですか⁉」

「うう……」

つなぎの作業着姿のヒックスが、床に仰向けに倒れて苦悶《くもん》の表情を浮かべている。生きていることに安堵《あんど》するが、床に血溜《ちだ》まりができていることに気づいて口から悲鳴が漏れた。

「どういうこと？　転んだんですか？」

「………」

ヒックスが口をぱくぱくさせるが、目は虚《うつ》ろで言葉も出てこない。

これはかなりまずい事態だ。急いでスマホを取り出し、雨音は九一一に通報した。

『はい、こちらは緊急ダイヤルです』

「救急車をお願いします。五十歳くらいの男性が頭から血を流して倒れてるんです。意識はありますけど話せない状態で、場所は……」

早口でアパートの住所を告げる。

『救急車を手配しました。その男性は誰かに危害を加えられたんですか？』

「ええっ？　いや、よくわかんないです。僕が見つけたときは床に倒れてて」

オペレーターに問われ、ヒックスが何者かに襲われた可能性があることに気づいて、雨音はぶるっと背筋を震わせた。

『警察も向かってます。あなたはその場から離れて安全な場所へ』

「は、はい」

通話を切って、雨音は床に倒れたヒックスに目を向けた。

ヒックスは目を閉じ、眠っているように見える。まさか死んでしまったのかと動揺するが、脈に触れて確かめることなどできそうになかった。

(てゆうか、体が動かないんだけど)

ヒックスに危害を加えた犯人が、まだ室内に留《とど》まっているかもしれない。オペレーターがその場を離れろと言った意味をようやく理解し、雨音は部屋を出ようとドアへ向かった。

……おかしい。足にまったく力が入らないし、視界がぐるぐると回転している。

気がつくと、雨音は床にへたり込んでいた。

頭痛と耳鳴り、それに気持ち悪くて吐きそうだ。救急車はともかく、警察が来たときここにいたら自分が疑われるのではないかという不安も、体調の悪化に拍車をかけている気がする。

(目眩《めまい》が治まったら、速やかに外に出よう)

壁にもたれ、目を閉じる。

ヒックスが危害を加えられたのだとしたら、いったい誰に?

強盗だろうか。だけど見たところ部屋は荒らされていないし、強盗があの大型テレビを残していくはずは……。

「——大丈夫か?」

低くなめらかな声に、雨音はぎょっとして目を見開いた。

ワイアットが、真上から雨音の顔を覗き込んでいる。

「……っ!?」

いつのまにか、体が床に仰向けに倒れていた。驚いて体を起こそうとすると、「急に動かないほうがいい」とワイアットに軽く肩を押し戻される。

「失礼、触られるのは嫌だってわかってるんだが」

ワイアットに言われて、触られてもいつものような拒否反応が出なかったことに気づく。それどころか、安堵感すら覚えていた。

「……なぜあなたがここに?」

再び目眩を覚え、雨音は眉根を寄せた。仰向けに横たわったまま周囲を見やり、救急隊員や警察官が歩きまわっているのが目に入る。

どうやら自分は、気を失っていたらしい。意識をなくしている間に救急車とパトカーが到着していたようだ。

「管理人は?　ヒックスさんは無事?」

「意識不明の重体だ」

「何があったの?」

「それをこれから調べるところだ。第一発見者のきみに話を聞きたいんだが、できそうか?」

「ええ……大丈夫です」

体を起こそうとすると、ワイアットがそばにいた救急隊員に声をかけた。

「彼の診察を頼む。ああ、他人に触られるのが苦手だから配慮してくれ」

歩み寄ってきた救急隊員が女性だったので、雨音は体の力を抜いた。

「女の人は大丈夫です」

言いながら上体を起こす。そのとき初めて、雨音は自分が廊下のストレッチャーに寝かされていることに気づいた。

「よかった。あなたも床に倒れてたけど、どこか打ってない？」

両目をペンライトで照らしてチェックした救命士に、気遣わしげに尋ねられる。

「多分。血を見て気分が悪くなって、目眩もしてきて……」

雨音の後頭部に触れた救命士が「頭は打ってないみたいね」と呟いて振り返った。

「大丈夫です。事情聴取どうぞ」

腕を組んで診察を見守っていたワイアットが、一歩前に進み出る。

「何を見たのか話してくれ」

「ええと……アパートに帰って、階段を上ろうとしたとき管理人室のドアが半開きになっていることに気づいた。不用心だなと思ったけど、修理か何かで呼び出されたのかなと。で、階段を上り始めたら誰かが落としたクッキーが散らかってて、前々から共用部の掃除について不満があったので、ひとこと言いに行くことにして」

一気にまくし立ててから、管理人への不満は言う必要はなかったのではと後悔する。

けど、自分が犯人ではないことは、エントランスの防犯カメラを見ればわかるはずだ。

「で、部屋の前で呼びかけたけど返事がないし、テレビがつけっぱなしなのも変だと思って中を覗いたら、キッチンの床に足が見えて」

救命士がミネラルウォーターのボトルを差し出してくれたので、雨音は礼を言って受け取った。一気に半分飲んでから、思い出したことを口にする。

「僕が見たとき、ヒックスさんは目を見開いて呻いてました。けど何があったか訊《き》いても返事ができない状態で、九一一に通報したあと目を閉じてぐったりしてたので死んでしまったのかと……」

水を二、三口飲んでから「記憶があるのはそこまで」と付け足す。

「室内に足を踏み入れたとき、他に何か気づいたことは？　いつもと違う点とか」

顔をしかめ、雨音は首を横に振った。

「管理人室の中に入ったのは初めてだからわからない。テレビに野球の試合が映ってたってことくらい。誰かが部屋に潜んでる気配とかも、僕は感じなかったし」

「わかった。ありがとう」

手帳を閉じたワイアットが背を向けようとしたので、思わず雨音は「待って」と呼び止めた。

「どうした?」

　榛色の瞳に見下ろされ、心臓がどくんと脈打つ。ワイアットのこの表情は、事件を捜査中の刑事にしては優しすぎるのではないか。

「えっと……僕は容疑者なの?」

　雨音の質問に、ワイアットがふっと微笑んだ。

「今の時点で俺に言えることは、血を見て現場で気絶してた犯人にはこれまでお目にかかったことがない、ってことかな」

　ワイアットのセリフに、思わず苦笑してしまう。

　視線が絡み合い……この場にそぐわない親密な空気に、慌てて雨音は視線をそらした。

　緊急事態で頭からすっぽり抜け落ちていたが、彼は自分を口説こうとしている要注意人物だ。けれど顔見知りの刑事が来てくれたのは素直にありがたかったし、こういうときに実に頼もしい存在だということは認めざるを得ない。

「これからエントランスの防犯カメラをチェックするよ。きみは体調に問題がなければ部屋に戻って休んでくれ。何かあったら電話を」

　言い置いて、ワイアットが踵《きびす》を返す。

　大きな背中を見送って、雨音はのろのろとストレッチャーから立ち上がった。

　遅くなったが、これでようやく部屋に帰れる。

（まずはシャワーだ……）

とっておきのバスオイルを入れた湯にゆっくり浸《つ》かるのもいいかもしれない。

なけなしの気力を振り絞って、雨音は階段へと向かった。

5

誰かの電話の着信音が鳴っている。いつまでも鳴り止《や》まない音に、雨音は顔をしかめた。

(……うるさい)

寝返りを打ち、鳴っているのが自分のスマホだと気づく。

枕元の目覚まし時計の文字盤は八時十五分を指していたが、夜の八時なのか朝の八時なのかわからなくて混乱した。

スマホを摑んで画面を見やり、朝だと知って眉根を寄せる。

(こんな時間にいったい誰だよ)

電話は知らない番号からだった。何度か瞬きし、表示された番号に見覚えがあることに気づいて、雨音は急いで通話ボタンをタップした。

「はい」

『ああ、よかった。具合が悪くて倒れてるのかと思った』

電話越しのワイアットの声に、じわりと体温が上がる。

自分のことを心配してくれる誰かがいるというのは、心強くてありがたいことだ。それが自分を口説こうとしている不届き者であっても。

「おかげさまで体調回復して爆睡してた。何か用？」

なんとなく照れくさくて、ぶっきらぼうな口調になってしまう。

『残念ながら、エントランスの防犯カメラは一ヶ月前から故障中だった』

「故障中？」

思わず小声で悪態をつく。先日の食料品店といい、いったいなんのための防犯カメラなのか。

『通りの防犯カメラにアパートの出入りが映っているものがあればよかったんだが、それもない』

「ヒックスさんの容体は？　意識は戻ったの？」

『手術は成功したが、意識不明の重篤な状態が続いてる。オペを担当した医者によると、五分五分らしい』

それを聞いて、雨音は暗澹《あんたん》たる気持ちになった。

「そう……快復するよう祈っておくよ」

『それも大事だが、もうひとつきみに協力してもらいたいことがあるんだ。犯人はどうやら管理人のパソコンの外付けハードディスクを盗んでいったらしい』

「他にも金目のものがあったのに、外付けハードディスクだけ？」

『ああ。財布もクレジットカードも手つかずだった。犯人は最初からハードディスクが狙いだったんだろう。室内を捜索したところ、クローゼットからもう一台ノートパソコンが見つかった。ところがこいつが、セキュリティが強固でね』

「僕に頼みたいのはパスワードの突破？」

『頼めるかな？　他にちょっと面倒な事件があって、サイバー班が出払ってるんだ』

「了解。なるべく早く行く」

『ありがとう。ああ、本部までタクシーで来てくれ。昨日の今日だから、キャプテンが交通費を出すと言っている』

「それじゃ遠慮なく」

通話を切って、雨音はベッドから跳ね起きた。

警察の仕事の協力には消極的だったが、自分が住むアパートで起きた事件となれば話は別だ。ヒックスの勤務態度に不満を持っていたものの、彼を嫌ったり憎んだりしているわけではない。

（パソコンの中に犯人の手がかりがあるはず）

事件の解決に貢献できるかもしれない。

居ても立ってもいられない気分で、雨音は大股でバスルームへ向かった。

二時間後、雨音はＬＡＰＤ本部ビルの情報分析室でジョン・ヒックスの私物のノートパソコンと対峙していた。

パソコン自体のパスワードは比較的容易に突破することができた。パソコン内のデータも、特に問題がありそうなものも見当たらなかった。

ただ気になったのは、ヒックスがネットの閲覧履歴をこまめに削除していた点だ。

よほど用心深い人以外、普通は動きが重くなったときくらいしか履歴を削除しない。何か知られたくないことがあるのだろうと、雨音は検索窓にアルファベットを順に打ち込んでいった。

検索窓の予測候補の上位に出てきた言葉から、やがて彼の秘密がうっすらと浮かび上がり……。


（ポルノ関連か）

眉間に皺を寄せ、ため息をつく。案の定、パソコンの中を調べ直すと山のように隠しファイルが見つかった。こちらのほうがパスワードの難易度が高く、頭をフル回転させながら一時間以上かけてどうにか突破する。

ようやく開くことができたファイルの中、ずらりと並んだタイトルに雨音はぎくりとした。

1C、1E、2A、2B、3D——。

（これってアパートの部屋番号じゃん）

雨音の部屋、5Cのファイルもあって、血の気が引いていく。後ろを振り返り、ガラス越しの廊下に誰もいないのを確認してから雨音は5Cのファイルを開いた。

（嘘だろ……）

日にちをタイトルにしたデータがずらりと表示される。いちばん古いのは五ヶ月前、最新は一昨日《おととい》だ。

ごくりと唾を飲み込み、最新のものをクリックする。

予想通り、中身はアパートの室内の盗撮動画だった。普段自分が生活している場所が、見たことのない角度から見下ろされている。

自分だけの安心できる場所だと信じていたのに、それが知らない間に侵されていたことを知って、猛烈な怒りが込み上げてきた。

(ヒックスめ、仕事をサボって盗撮に精出してたのかよ)

リビングからキッチン方面を映した動画に、雨音の姿はない。早送りすると、寝室から出てきた寝起きの自分が画面に現れる。

無防備な姿をヒックスに見られていたことに、今度は背筋が凍るような恐怖が這い上がってきた。パジャマ姿の自分は、何も知らずにキッチンへ向かい……。

(ちょっと待って、まさか寝室も盗撮されてる?)

動画を一時停止し、ファイルの一覧に戻る。下へスクロールしていくと、日付の頭にBDという文字が付いたデータが並んでいた。

BD、すなわちベッドルームだ。雨音の秘密が詰まった、大事な聖域——。

(どこにカメラが仕掛けられてるのか確かめないと)

見るのが怖かったが、気持ちを奮い立たせて女装した記憶のある日をクリックする。

ベッドルームの鮮明な映像に、雨音は心の中で叫び声を上げた。

部屋の中央のベッドがしっかり映っている。つまり、女装して自らの体を慰めている破廉恥な姿の録画があるということだ。

早送りして、雨音は問題の箇所を見つけた。

はっきりと映っている——ベッドを横から見たアングルで、金髪のウィッグとピンクのランジェリー姿で両膝を立てて脚の間をまさぐっている自分の姿が。

「……っ！」

慌てて画面を閉じ、呼吸を整えようと肩で息をする。

ヒックスは、この映像を個人的に愉しむために撮ったのだろうか。それとも、不特定多数の人々に向けてどこかにアップしているのだろうか。

気が咎《とが》めつつ、確認のために1Cから順にクリックしてみる。

雨音の部屋同様、どれもリビングと寝室の動画がずらりと並んでいた。そしてすべてが若い女性、あるいは男女のカップルの部屋で、男性のひとり暮らしは雨音だけだった。

（ま、理由は想像できるけど）

他人の寝室の映像など見たくないので、それは警察に任せることにする。

十中八九、ヒックスが襲われた原因はこれだ。

（盗撮されていることに気づいた住人の誰かと揉《も》めた、ってとこかな）

外付けハードディスクだけ奪われたのも合点がいく。犯人は予備のノートパソコンがあることに気づかなかったのだろう。

事件の解決は早そうだ。警察に報告する前に、自分のファイルを開いてベッドルームの映像を選択する。

それらを削除しようとして、雨音ははたと手を止めた。証拠隠滅という不穏な言葉が頭をよぎり、罪悪感が込み上げる。

（だけど僕は犯人じゃないし、僕のベッドルームの映像がなくても捜査に影響ないし）

わざわざ恥ずかしい映像を披露する必要はない。見せられるほうだって困惑するだけだ。

意を決して自分のベッドルームの映像をすべて削除したところで、廊下から足音が聞こえてきた。

「何かわかった？」

ドアを開けて入ってきたのはワイアットだった。

後ろめたさでじわっと頬が熱くなり、彼の顔を見ることができない。モニターに視線を戻し、雨音は「今ちょうど呼びに行こうと思ってたとこ」と声を絞り出した。

「隠しファイルが大量に出てきたんだけど、ヒックス氏は女性やカップルの部屋を盗撮してたみたいで」

淡々と告げると、ワイアットが「なんだって？」と言いながら隣の席に座った。

「これがそうか？　部屋番号だな」

そのときになって、雨音はなぜ5Cのファイルを丸ごと削除しなかったのだろうと激しく後悔した。他は女性のひとり暮らしとカップルばかりなのだから、怪しまれることもなかったはずだ。

リビングでは破廉恥な行為はしていないが、女装したまま日常生活を送る日もある。つい最近も、プラチナブロンドのロングヘアと水色のシフォンワンピースで一日過ごしたばかりだ。

（今からでも遅くない。ワイアットの目を盗んでさくっと消そう）

そう決めて、ワイアットの注意をそらそうと「USBメモリある？」と話しかける。

「いや、コピーは極力取らない方針なんだ。見せてくれ」

手を差し出され、仕方なく雨音はノートパソコンをワイアットのほうへ押しやった。

大丈夫、完璧に別人に変身しているので、あれが自分だと気づかれる確率は低い。あの女性は誰かと訊かれたら、友人か妹だと答えればいいだけのこと。

「5Cってきみの部屋だよな？」

「えっ？　僕の部屋も？」

今初めて気づいたようなふりをしたが、ちょっとわざとらしかっただろうか。

ワイアットが振り返り、じっと雨音の顔を見つめる。その眼差しに耐えられなくなり、雨音は両手を挙げた。

「そうだよ、僕の部屋のもあった。多分女性の部屋だと勘違いしたんじゃないかな」

「きみの部屋は動画が少ないな」

「ベッドルームの動画がないからだよ。男の寝室を撮っても仕方ないって気づいたんでしょ」

素っ気なく言って、雨音は立ち上がった。

「僕もう帰っていい？」

「いや、俺がこれをチェックし終わるまでいてくれ。休憩室で休んでていいから」

「……わかった」

どんよりと暗い気持ちで、情報分析室をあとにする。ちょうど雨音と入れ替わりに、前にも見かけたことのあるワイアットの同僚がやってきた。

「やあ、体調はもう大丈夫？」

「ええ、おかげさまで」

軽く言葉を交わして、休憩室へ向かう。

コーヒーを淹《い》れて席に着き、雨音は深々とため息をついた。

考えれば考えるほど、５Ｃのファイルを削除しておかなかったのは痛恨のミスだ。

まもなく雨音に女装趣味があることが署内に知れ渡るだろう。きっと奇異の目で見られるし、ワイアットも呆れるはず。

（これでよかったのかも）

雨音のおかしな趣味を知って、ワイアットも我に返るのではないか。

口説かれても応じる気はなかったし、彼との関係が刑事とIT部門の協力者というシンプルなビジネス関係になるのはいいことだ。

そう考えると少し気が楽になり、待ち時間を有意義に過ごそうとショルダーバッグからペーパーバックを取り出しページを開く。

新作の参考になりそうだと思って買ったミステリは、冒頭からスリリングな展開で雨音を物語の世界に引き込んだ。

いつもだったら、時間も忘れて読み耽ったことだろう。しかし頭の片隅に……いや、頭の大部分を占める雑念のせいで、五ページも読まないうちに集中力が途切れてしまう。

上の空で文字を追いかけ、第一章の終わりまで来たところで、休憩室のドアが開いてワイアットが顔を覗かせた。

目が合って、数秒間無言の不自然な間が空く。

（あれが僕だって気づいたんだな）

ワイアットの微妙な表情が、それを物語っていた。それならもう、下手な言い訳はやめて開き直るしかない。

「見た？　盗撮されてることに気づいた住人の誰かが犯人だと思う」

「ああ、俺たちもその可能性が高いと考えてる」

「僕も容疑者のひとり？　だけど盗撮されてるなんて知らなかったし、僕が犯人ならあのファイルを全部消しとけば済む話だし、協力を装ってパソコンをぶっ壊すって手も」

「落ち着け。きみが犯人だなんて思ってないさ」

ワイアットに宥《なだ》められ、ぷいとそっぽを向く。

「おそらくヒックスは、きみが女性と一緒に住んでいると勘違いしたんだろうな。俺も最初はきみの姉妹かと思ったよ」

向かいの席に座ったワイアットが、雨音の顔をしげしげと見つめる。

不躾《ぶしつけ》なその視線に、雨音はじろりとワイアットを睨みつけた。

「あれは僕の趣味。誰にも迷惑かけてないし、自分の部屋で何しようと自由でしょう？」

ワイアットは雨音を揶揄《やゆ》したり嘲笑したりはしていない。けれど恥ずかしさに身の置きどころがなくて、ついつい突っかかってしまう。

「ああ、誰にでも秘密はある。俺は仕事柄いろいろすごいのを見てきたから、これくらいじゃ驚かない」

「…………」

あれを知って、ワイアットは口説く気をなくしてくれただろうか。

今それを尋ねたら誤解されそうな気がして、開きかけた口を急いで噤《つぐ》む。

「僕もう帰ってもいいかな」

「俺たちも今からきみのアパートに行くところだ。住人への聞き込みと、盗撮カメラの回収にね。一緒に行こう」

ワイアットが立ち上がり、笑みを浮かべる。

長い一日になりそうで、雨音はがっくりと肩を落とした。


ワイアットが運転する車の助手席は、最上級に居心地が悪かった。

車に問題があるわけではない。黒いＳＵＶは、比較的綺麗で乗り心地も抜群だ。

ワイアットとの間にあるいくつかの問題が、雨音をもやもやと落ち着かない気分にさせている。窓の外へ視線を向け、早くこの時間が過ぎてくれるよう祈るしかない。

（パトカーに乗るより百倍ましだけど）

ちらりとサイドミラーに映った後続のパトカーを見やったところで、赤信号で車を停《と》めたワイアットが沈黙を破って切り出した。

「訊いてもいいかな」

「事件の話？　それともプライベートな話？」

「事件にも関係あるけど、まあ後者かな」

ワイアットの言葉に、雨音は内心「来たぞ」と身構えた。

「いいよ。答えるかどうかはわかんないけど」

ぷいと顔を背けて言い放つと、ワイアットが声を立てて笑った。

「きみの趣味について知りたい。女装するのは女性になりたいから？」

「違う。女性になりたいと思ったことはない。これは説明してもわかってもらえないと思うけど、僕は男の体のままで可愛《かわい》い服を着たりメイクしたりしたいだけ」

「なるほど。じゃあ次の質問。これは事件にも関わってくるかもしれないから、答えて欲しい」

信号が青に変わり、ワイアットが視線を前に向けてアクセルを踏んだ。

「きみの周囲の人間は、きみが女装していることを知ってる？　ええと……訊き方が難しいな。つまりだ、藤村《ふじむら》雨音という人物が別人に変身していることを知っている人がいるかどうか」

「いない。このことは誰にも言ってないし、女装して外出したこともないから。ただ……」

少し言いよどんで、雨音は続けた。

ここまで知られたら、もう隠しておく理由もないだろう。

「事件には関係ないと思うけど、インスタに女装姿の写真をアップしてる。もちろん本名なんか言ってないし、僕の普段の姿も載せてないから、僕とメロディを結びつけるものは何もないはず」

「メロディ？」

「インスタのアカウント名」

「なるほど、あの美少女はメロディって名前なのか」

　ワイアットに美少女などと言われ、雨音は顔をしかめた。

　メロディでいるときは自分が綺麗だという自覚もあるし自信も持っている。けれど雨音のときに言われると、なんともむず痒い。

「管理人はアパートの部屋には出入り可能なのか？」

　ワイアットが話題を変えたので、雨音はほっとして頷いた。

「うん、マスターキーを持ってる。緊急のとき以外は使わないって規約があるけど、隣の人が配水管の修理を頼んだら留守のとき勝手に入られたって言ってた」

「出入り自由か。じゃあカメラを仕掛けるのも簡単だな」

「僕以外、盗撮対象はみんな女性か男女のカップルだった。なんで管理人は僕の部屋にカメラを仕掛けたんだか……」

　気になっていたことを呟くと、ワイアットがちらりとこちらへ視線を向けた。

「そういうとき、俺は犯人の立場になって考えてみるんだ。俺がヒックスだとする。住人には若い女性が多い。マスターキーを使ってカメラを仕掛けて盗撮しよう。カメラを無駄にしたくないから、どの部屋に仕掛けるか絞り込まないと」

「管理人は住人の情報を把握してるから、まず女性名義の部屋に狙いを定めるだろうね」

「その通り。そこで名簿を見てはたと首を傾《かし》げる。このアマネって名前は、男か女かわからんな、と」

なるほど、ありそうな展開だ。実際雨音の名前は、日本人から見ても男か女かわかりにくいと言われたことがある。

「男か女かわからないけど、とりあえず仕掛けてみることにしたのかな」

「別の部屋と間違えた可能性もあるけどな。で、盗撮してみたら男だった。ところがしばらくすると、綺麗な女性も住んでいることがわかる」

ヒックスはあれが雨音の女装だと知っているはずだ。しかし寝室のデータを削除したことを知られたくないので黙っておく。

(僕のことは、管理人が襲われた件とは無関係だし)

ところどころ渋滞はあったが、車は比較的スムーズに進んでいった。アパートが近づいてきて、雨音はまもなくこの気詰まりな時間が終わることに安堵した。

(けどまあ、女装のこと話しちゃったら気が楽になったかな)

これでワイアットも、雨音をデートに誘う気をなくしただろう。女装は変態的な趣味にカテゴライズされることが多いので、敬遠されて当然だ。

アパートのそばの空いたスペースに車を停め、ワイアットがエンジンを切る。

車から降りようとすると、「ちょっと待った」と呼び止められた。

「何？」

何気なく振り返り、榛色の瞳に真正面から射すくめられてたじろぐ。

「念のために伝えておくけど、俺の気持ちに変わりはないから」

「………」

聞こえなかったふりをして、雨音はワイアットに背中を向けた。

早足でアパートへ向かい、エントランスのオートロックを解除する。後ろから追いかけてきたワイアットが扉を押さえ、パトカーから降り立った制服姿の警察官を招き入れた。

「聞き込みの前に、まずきみの部屋を見せてくれ。カメラがどこに仕掛けてあるのか確かめたい」

軽く頷き、階段へ向かう。

これは捜査の一環だ。プライベートな領域とは切り離して考えねばならないが、それでも自分を口説こうとしている男を自室へ招き入れるのは少々抵抗が……というか、妙な気分だった。

「このアパートは何部屋あるんだ？」

階段を上りながら、ワイアットが尋ねる。

「ワンフロア十部屋、全部で五十」

「間取りはみんな同じ？」

「多分。多少の違いはあっても全室ワンベッドルームで、狭いからひとり暮らしが多いと思う」

「きみはいつからここに？」

「二年前。僕が引っ越してきたとき管理人は別の人だったんだけど、半年くらい前に引退して、代わりに来たのがヒックス氏」

三階と四階の間の踊り場に、誰かがこぼしたジュースの水たまりができていた。踏まないように避けながら、小さくため息をつく。

「前の管理人のときは、いつも掃除が行き届いてたんだけど」

「住人はヒックスの勤務態度に不満を？」

「多かれ少なかれ持ってるんじゃないかな。僕も含めてね。修理とか頼んでも、何度も催促しないとやってくれないから」

「住人同士の交流は？」

「他の階のことはわからないけど、五階はないと思う。僕も廊下で会った人と挨拶するくらいで、ほとんど話したことないし」

「単身者の多いアパートってそんなもんだよな」

「あなたもアパート暮らし？」

「古い一軒家を同僚ふたりとシェアしてる。三人とも軍にいたから、規律正しい宿舎みたいな生活だよ」

会話の流れとはいえ、ワイアットのプライベートな事情を尋ねてしまった。余計なことは口にするなと自分を戒める。

五階にたどり着いて、雨音は5Cのドアの前に立って鍵を取り出した。

「警察ってふたりひと組で行動するんじゃないの？」

この期に及んでふたりきりになる状況に躊躇《ちゅうちょ》し、鍵をまわしながら口にする。雨音の指摘に、ワイアットは軽く肩をすくめた。

「基本的にはね。けど、そう言ってたらいつまで経《た》っても仕事が終わらない」

重要な局面のみ適用ということか。諦めて、雨音は「どうぞ」とワイアットを招き入れた。

室内は今朝出て行ったときと同じく、きっちり片付いている。ワイアットの横をすり抜けて、雨音はリビングの壁の天井近くに取り付けられた通風口を見上げた。

「映像の角度的に、カメラはあそこに仕掛けられてると思う」

「脚立か何かある？」

「持ってくる」

寝室に入って、ちらりと壁を見上げつつベッドの下から脚立を取り出す。

寝室のカメラも、リビングと同じく通風口に取り付けられているに違いない。雨音の秘密を暴いた忌々しいカメラを一刻も早く葬り去りたいが、ひとりになるまで我慢だ。

脚立に上ったワイアットが、ポケットから万能ナイフらしき道具を取り出して格子状のカバーを取り外す。

思っていた通り、通風口の中に小型のカメラが仕込まれていた。

「これは結構性能のいいタイプだ。全部の部屋にこれを仕掛けてるとしたら、ヒックスは盗撮に相当費用をかけてるな」

カメラを証拠品保管袋に入れながら、ワイアットが呟く。

そのセリフに、雨音は嫌な予感を覚えた。

もしかして、ヒックスは盗撮動画を売っていたのではないか——。

寝室での自慰動画が流出している可能性に、目の前が真っ暗になる。

(いや、まだそうと決まったわけじゃない。世の中、趣味に大金をつぎ込む人はたくさんいるし)

それでも不安が拭えず、よろけながらダイニングの椅子に座り込む。

「……あ!」

突然声を上げた雨音に、ワイアットが「どうした?」と振り返った。

「今思い出したんだけど、そういえばちょっと前に帰宅したとき、このダイニングテーブルがずれてたことがあったんだ」

床板のラインに視線を落とし、眉根を寄せる。

「僕ちょっと神経質な質《たち》で、家具や物の位置がずれてるのが許せなくて。留守中に誰か侵入したんじゃないかと思ったけど、何も盗られてなかったから気のせいかと」

「ヒックスがカメラを取り替えたか、位置を調整しにきたんだろうな」

「ほんっと気分悪い」

前髪をかき上げながら、吐き捨てる。

「侵入者と鉢合わせしなくてよかったよ」

「まあね。僕は腕っ節が強いほうじゃないし」

「さてと。それじゃ俺は他の部屋のカメラを回収に行ってくる。それと、盗撮に気づいてヒックスと揉めていた住人を捜さないとな」

「僕はもうここで失礼していいかな」

「ああ、今日は本当に助かったよ。ありがとう」

ワイアットが帰ったら鍵をかけようと、彼に続いて玄関へ向かう。

（背中の面積、めっちゃ大きいな）

今彼が着ているワイシャツを羽織ってウエストをベルトで締めたら、シャツワンピースにできそうだ——などとぼんやり考えていると、戸口で立ち止まって振り返ったワイアットと危うくぶつかりそうになってしまった。

「……っ」

慌てて一歩あとずさる。

ワイアットも、戸惑ったように目を瞬かせた。

「じゃあまた」

「ええ、早いとこ犯人を捕まえて、とっととこの件を終わらせてください」

腕を組んで顎をそらし、殊更《ことさら》尊大な口調で言い放つ。

照れ隠しだという自覚も薄々あるが、つき合うつもりのない男に愛嬌《あいきよう》を振りまく理由がどこにあるというのだ。

「努力するよ。おやすみ」

「……おやすみ」

ぎこちなく言って、雨音はなかなか立ち去ろうとしないワイアットの鼻先でぴしゃりとドアを閉めた。

6

翌日の午後三時。ＬＡＰＤ本部ビルへ赴いた雨音《あまね》は、エレベーターを降りたとたん廊下にいたワイアットと目が合ってしまった。

「やあ、連日呼び出して悪いな」

「いいよ。僕も早く解決して欲しいから」

後ろめたいことがあるので、ワイアットの顔を直視できない。視線をそらしながら、雨音は足早に情報分析室へ向かった。

――昨日ワイアットが帰ったあとすぐ、雨音は寝室の通風口から小型カメラを取り出した。踏み潰して捨てようかと思ったが、念のために事件の解決まで保管することにして、シリアルの空き箱に入れて食料品のストック棚に置いてある。

自分の寝室の盗撮動画は事件とはまったく関係ないはず――そう信じているが、以前ミステリ小説で読んだエピソードを思い出し、少々気が咎《とが》めているのも事実だ。

小説の中で、一見事件とは無関係なある事実を隠していた主人公に、刑事が憤るのだ。

自分たちは何十、何百の事実の欠片《かけら》をかき集め、ジグソーパズルを完成させるように事件を解決していく。パズルのピースがひとつでも欠けていたら解決が遠のいてしまう。何が事件に関係あって何が無関係か、勝手に判断せずに我々に托《たく》して欲しい、と。

(やっぱり動画のこと、言うべきだろうか)

昨夜はなかなか眠れず、あれこれ考えているうちに明け方になってしまった。昼過ぎに電話の着信音で目が覚め、慌てて跳び起きてシャワーを浴びて駆けつけたところだ。

「何か進展があったの?」

「それなんだが、ちょっと話しておきたいことがある」

情報分析室のドアを閉め、ワイアットが振り返る。やけに神妙なその表情に、雨音は嫌な予感がした。

「いい話じゃなさそうだね」

「まあ座ってくれ」

デスクの前の椅子に掛けると、ワイアットも隣の席に腰を下ろした。

「アパートの住人への聞き込みで、三階の住人の女性がヒックスと揉《も》めていたことがわかった。別の住人が、何日か前に管理人室の前で言い争っているのを目撃したそうだ。その女性に話を聞きに行くと、ヒックスと口論したことを認めたよ」

ごくりと唾を飲み込み、雨音は話の続きを待った。

「友人から『あなたの部屋の盗撮動画がネットに出まわっている』と知らされたそうだ。動画を確認して小型カメラを発見し、警察に通報もしている。ただ、きみもご存じの通りうちは人手不足でね」

　ワイアットが軽く肩をすくめる。

「警察がなかなか動こうとしないから、自分で解決しようと思ったそうだ。部屋には家族と信頼できる人しか招き入れていないので、誰かが部屋に侵入してカメラを仕掛けたと考え、アパートに不審な人物が出入りしていないかヒックスに尋ねた」

「ヒックスは盗撮がばれて焦っただろうね」

「だろうな。エントランスの防犯カメラを見せてくれと頼んだら、警察の令状でもない限り無理だと突っぱねたそうだから」

「それで喧嘩《けんか》に？」

「ああ、彼女はヒックスの態度にかなり立腹していた。ただ、ヒックスが盗撮犯だとは思わなかったようで、その後盗撮の件は私立探偵に調査を依頼している。というのも彼女は売り出し中のモデルで、職業柄ストーカー的なファンに追われることが多いらしいんだ。以前住んでいた部屋の住所をファンに知られて、引っ越しせざるを得なくなったそうだし」

　モデルや女優が、大なり小なりストーカー被害に苦しめられているであろうことは想像に難くない。雨音のような一般人でさえ、インスタのフォロワーが増えるにつれておかしな自称ファンに煩わされているのだから。

「ヒックスがカメラを仕掛けた張本人だとは知らなかった……じゃあヒックスを襲った犯人で

はないってこと?」

「その通り。ヒックスが襲われたとき、彼女は撮影でハリウッドのスタジオにいた。アリバイの裏付けも取れている」

「そっか……」

「ヒックスの意識が戻ってくれたら手っ取り早いんだけどな。で、きみに調べて欲しいのは、盗撮動画の流出の経緯だ。ヒックスは関与していないのか、それともヒックス自身がネットに上げていたのか」

「わかった。確認しておきたいんだけど、そのモデルさんの流出動画、寝室のものも含まれてたの? つまり、その……」

「性的な? いや、それはなかった。リビングでくつろいだりヨガをしたりって程度で、まあ勝手に覗《のぞ》き見られて気分は悪いだろうが」

「流出してるのは彼女の分だけ?」

「現時点で把握できているのは彼女の分だけだ」

そう言って、ワイアットがこちらに向き直る。

「ここから先は俺個人の考えなんだが」

榛色《はしばみいろ》の瞳に見据えられ、雨音は体を硬くした。

「こういった事例は、ほぼ百パーセント性行為の盗撮が目的だ。盗撮されていたのは十二室、うち寝室にだけカメラがあったのが八室、リビングと寝室両方が三室。きみの部屋だけ、リビングのみだった」

　ワイアットが言おうとしていることがうっすら見えてきて、背中に冷や汗がにじむ。

「リビングと寝室両方にカメラがあった三室は、件《くだん》のモデルも含む若くてルックスのいい女性ばかりだった。同僚の言葉を借りれば〝とびきりセクシー〟ってやつだな。で、きみの女装姿は……なんというか、実に興味深い。彼女たちのわかりやすいセクシーさとは違う魅力があって……」

「お世辞はいいよ。何が言いたいの？」

　魅力などと言われて冷静ではいられなくなり、雨音は大急ぎで遮った。

　ワイアットもどう言えばいいのか迷っているらしく、宙を見上げて言葉を探している。

「つまりだな、思ったんだ。ヒックスの立場に立って考えてみると、きみの寝室にカメラを仕掛けない理由がない」

「…………」

　大きく息を吐き出し、雨音は腹をくくることにした。

　警察相手に嘘《うそ》をつき続けるのは、やはりどう考えてもまずい。心情的にも負担が大きく、あの件は思っていた以上に重く肩にのしかかっていた。

「……あなたの想像通り、僕の寝室にもカメラがあった」

「動画は？　削除したのか？」

叱られることを覚悟していたのに、ワイアットの口調はむしろ気遣わしげで、それがかえって雨音を居たたまれない気持ちにさせる。

「見られたくなかったから」

俯《うつむ》いてぼそっと答えると、椅子を転がしながら近づいてきたワイアットに顔を覗き込まれた。

「誤解しないで欲しいんだが、これは好奇心で訊《き》いてるんじゃない。刑事として把握しておきたいから訊くが、つまり……性的な？」

こくりと頷《うなず》き、「しかも女装姿」と自嘲気味に付け加える。

「わかった。今の話、現段階では俺の中にとどめておく。事件が解決して、結果的に関係なければ聞かなかったことにしよう」

穏やかに告げられ、雨音は肩の力を少し緩めた。動画の具体的な内容を追及されなかったのもありがたい。

「だが、証拠品のパソコンから動画を削除したのはかなりまずい行為だ。盗撮されていたことを知って動揺した気持ちもわかるが、今後はこういうことは絶対にしないと約束してくれ」

視線を上げ、雨音はワイアットの目を見て頷いた。

「もうしない。自分でも馬鹿なことしたって思ってる」

「ちなみに寝室のカメラはどうしたんだ？」

「取り外して、念のため保管してる」

「よし、じゃあお互い仕事に戻ろう」

ワイアットが立ち上がり、雨音の肩を軽く叩《たた》く。

「ひゃっ！」

思わず口から悲鳴が飛び出し、慌てて雨音は口を塞いだ。

「悪い、つい……」

雨音の素っ頓狂な悲鳴に、ワイアットが両手を挙げながらあとずさる。

「なんかタイミング的にまずかったな。俺は決してきみの弱みを握って優位に立ったとか思ってないから、本当に」

「わかってる」

心臓がどくどくと激しく脈打っている。息苦しさを覚えつつ、雨音は素っ気なく言ってそっぽを向いた。

そういう話はいいから、早く出て行って欲しい。雨音の思いが伝わったのか、ワイアットが「じゃあよろしく」と踵《きびす》を返した。

情報分析室にひとりになり、大きく肩で息をする。

（わかってる、僕の過剰反応だって）

仕事仲間と交わす、他意のないボディタッチだ。身構える必要なんてないし、変に意識しなくていい。

わかっているのに、大きな手に触れられた肩がじんじんと疼《うず》き、鼓動もなかなか鳴りやまなかった。

先日の事件現場は例外として、いつもは男性に触られるとしばらく気分が悪いのに、あの不快な嫌悪感が湧いてこないのはなぜだろう。

(接触恐怖症がちょっと改善したのかな)

だとしたら、悪くない傾向だ。

気を取り直し、雨音はパソコンに向き直った。ヒックスが盗撮動画を自らネットにアップしていたのか、それともハッキングされていたのか、確かめなくては。

正直なところ、雨音がいちばん気になっているのは自分の盗撮動画が流出しているのか否かだ。

女装の部分だけなら、雨音にとってさほどダメージはない。あれが雨音だと気づく人はまずいないから。ひょっとしたらインスタでそこそこ人気のメロディだと気づく人がいるかもしれないが、それもアカウントを削除してしまえばいい話だ。

いちばん恐れているのは、藤村《ふじむら》雨音に女装癖があり、女装姿で自慰に耽《ふけ》っていると知られること――。

(僕は友達も知り合いも少ないし、昔のクラスメイトとかどうでもいい人たちにはどう思われ

ても構わないけど）

両親に知られるのはダメージが大きいかもしれない。ひとり息子の破廉恥な姿に、父も母も困惑して心を痛めるだろう。

けど、それがなんだというのだ。両親とは疎遠になりつつあるし、今更両親にとっての〝いい子〟でありたいとも思わない。

ポーラをはじめ出版社の人たちに知られるのは恥ずかしいが、読者はラナ・カークの素性を知らないので仕事への影響はないはずだ。

いちばん親しい間柄のフィオナはどうだろう。なんとなく彼女は、あれを知っても態度を変えない気がする。他人の趣味や性癖をジャッジしないし、雨音としてもフィオナに知られることにあまり抵抗はない。

軽く目を閉じ、ふっと息を吐き出す。

（落ち着け。万が一あれを見られても、ほとんどダメージはない）

ちょっとの間恥ずかしさや居たたまれなさに悩まされるだろうが、今の世の中、毎日怒濤《どとう》のように情報が押し寄せてくるので、些細《ささい》な事柄は人々の記憶からすぐに消えていく。

動揺は収まり、心は穏やかに凪《な》ぎ始めていた。時折ワイアットの顔がちらつくのは、具体的な内容は明かさなかったとはいえ、寝室での秘密の一端を打ち明けたせいだろう。

ふいにノックと同時にドアが開いて、どきりとする。

振り返ると、情報分析室に入ってきたのはフィオナだった。

「雨音も来てたんだ」

「うん……フィオナも呼び出されたの？」

デスクにバッグを置いて、フィオナが頷く。

「今朝ワイアットから電話が来てさ。前に交通監視カメラの分析したでしょ。あれの続きだって」

フィオナが別件の担当なのは、ワイアットの配慮だろうか。

体育会系の人間はがさつで大雑把だと思い込んでいたが、ワイアットにはデリカシーが備わっている。ちょっと強引なところはあるものの、彼なりに気を遣ってくれていることは雨音にも伝わっていた。

「あー、取りかかる前にまずコーヒーが必要だわ。雨音も飲む？」

「うん、お願い」

笑顔で応じて、雨音はあまり気の進まない作業に着手した。

五時間後、午後八時。

「だめだ……八方塞がり」

疲れた目を瞬《しばた》かせ、雨音は椅子の背に深々ともたれた。

窓の外は、いつのまにかとっぷり暮れている。夕方フィオナが帰って以降、休憩も取らずに作業に集中していたので、肩もばきばきに凝っていた。

（一応、成果はあったけど）

作業を始めて三十分も経《た》たないうちに、雨音はヒックスがダークウェブで盗撮動画を売っていたことを突きとめた。

雨音の寝室の動画も含まれており――そのことに気づいたときはショックのあまり卒倒しそうになったが、ヒックスがご丁寧に女装の部分のみ編集して販売していたことがわかったので、どうにか気持ちを立て直すことができた。

雨音とメロディを結びつける証拠は何もない。念のためインスタのアカウントを非公開にしたし、ダークウェブで取引されたものは一般に出まわる確率は低いと考えていいだろう。

とはいえ、ワイアットに報告した際は顔から火が出そうだった――動画の中身をチェックすると言われたら、自分に拒否権はない。

幸いワイアットは、動画の詳細は不要だと言ってくれた。

『おそらく盗撮動画の売買が事件の原因だろう。ヒックスの顧客の中に、ヒックスとトラブルになった人物がいないか調べてくれ』

そう言って立ち去ろうとしたワイアットを、雨音は慌てて呼び止めた。

『待って、動画は今も販売中なんだけど、全部削除してもいい？』

勝手に削除するのはまずいかと思って尋ねると、ワイアットは軽く肩をすくめた。

『ダークウェブは無法地帯だ。店の商品が消えても、ヒックスは訴えたりしないさ』

その言葉にほっとして、雨音はヒックスが売っていたすべての動画を削除した。

しかしそこから先は調査が難航した。顧客情報になかなかたどり着けず、どうにか入手できたのは購入者のハンドルネームだけ。

それだけでは、どこの誰が買ったのかさっぱりわからない。下手なやり方ではこちらの動きが犯人にばれてしまいそうで、完全に行き詰まってしまった。

（今日はもう閉店）

ひと晩寝れば、何か打開策を思いつくかもしれない。帰る前にワイアットに報告しておこうと、雨音はよろめきながら席を立った。

「ふらついてるけど大丈夫か？」

「……っ」

背後から今会いに行こうと思っていたワイアットの声が聞こえて、どきりとする。

「大丈夫……長時間固まってたから」

「飛行機と一緒で、デスクワークもまめに立ち歩いたほうがいいらしいぞ」

「知ってるけど、集中してるとついつい時間を忘れちゃって」

「何かわかったか？」

「今報告しに行こうと思ってたとこ」

　モニターに目をやり、雨音は経過を報告した。

「購入者のハンドルネームはわかった。だけどそこから先、相手に気づかれずに素性を探るのはかなり難しい。ヒックスを装って連絡するって手もあるけど、素直に個人情報を教えてくれるとは思えないし」

「だよな。このルートは行き止まりか」

「他に何か方法がないか考えてみるよ。だけど集中力が限界だから、今日はもう帰らせて」

「ああ、もちろんだ。俺ももう上がるから、送っていくよ」

「…………」

　断ろうとしたが、疲れ切った頭と体に阻止された。混雑したバスとＳＵＶの助手席では、快適度が比べものにならない。車内であれこれ質問されるかもしれないが、ノーコメントで押し通せばいいだけだ。

「じゃあお願いします」

　敢《あ》えて丁寧な口調で言って、雨音は帰り支度を始めた。

ネオン瞬く街を、黒いSUVが走り抜けていく。助手席で、雨音は車の振動がもたらす眠気と必死で闘っていた。

（この状況で寝るのはまずい）

ワイアットが無体なことをするなどとは思っていない。無防備な顔を見せるのが嫌なのだ。

幸いこの時間の道はすいていて、車は順調に進んでいる。

「懲りずにまた言うけど、この事件が解決したら、一緒に飯食いに行かないか」

アパートが近づいてきたところで、ワイアットが少々遠慮がちに切り出した。それまではずっと他愛のない世間話をしていたのだが、どうやらタイミングを窺《うかが》っていたらしい。

「事件解決の打ち上げ？」

わざと見当違いな言葉を口にすると、ワイアットが苦笑した。

「まあ、そう思ってくれてもいいけど」

「僕を食事に誘うのは、仕事仲間としてってこと？」

答えはわかっていたが、敢えてそう訊いてみる。

「いや、個人的に。きみをもっと知りたいし、俺のことも知って欲しい」

ワイアットの言葉に、雨音は心がざわめくのを感じた。彼との個人的なつき合いなど望んでいないはずなのに、この高揚感はいったいどういうことだろう。

シートから体を起こし、雨音はワイアットの横顔に視線を向けた。

「あなたは僕と、いったいどうなりたいの？」

ちょうど赤信号で車を停《と》めたワイアットが、振り向いて雨音の目をじっと見据える。

「同性相手は初めてだから至らないところもあると思うけど、きみとつき合いたいと思ってる。友達ではなく、恋人として」

「……っ」

まっすぐな言葉というのは、心にまっすぐ突き刺さるものらしい。ワイアットの真摯な言葉に、雨音はひどく狼狽《うろた》えた。

全然好みのタイプじゃないのに、どうしてこんなにどきどきしているのだろう。

多分、これまでこんなふうに真面目に交際を申し込んでくれた人がいなかったからだと思い当たる。

ワイアットとつき合いたいかどうか、自分でもまだよくわからない。けれど誠実に向き合ってくれている人を、いい加減な返事であしらってはだめだ――。

ふいに背後からクラクションを鳴らされ、石のように固まっていた雨音ははっと我に返った。

信号が青に変わっており、ワイアットが前を向いてアクセルを踏む。

どう答えるか迷っているうちに、車はアパートの間に着いてしまった。

「送ってくれてありがと」

前を向いたまま、ぼそっと口にする。

「ああ」

「それと……さっきの話だけど」

「うん」

小さく息を吐いてから、雨音はまとまらない気持ちをそのまま外へ押し出すことにした。

「僕は本当に面倒くさいタイプだと思う。恋愛対象は同性、だけどまだ誰かとつき合った経験がない。その上接触恐怖症で、特に成人男性が苦手。女性になりたいわけじゃないのに女装癖があって、インスタやってるのは綺麗《きれい》だとか可愛《かわい》いとか言われたいから。なんでだろうな、これって承認欲求ってやつ？　ご覧の通り、生意気で取っつきにくい性格で」

「ストップ」

早口でまくし立てていると、ワイアットに遮られる。

「なんでそんなに自分を卑下するんだ？」

ワイアットのセリフに、雨音はむっとして唇を尖《とが》らせた。

「卑下なんかしてない。僕は自分のこと好きだし。ただ事実を述べてるだけだよ。こういう性格だからつき合うのは大変だよって、親切に教えてあげてる」

「俺が諦めるように？」

肩をすくめ、「そんな感じ」と呟《つぶや》く。

「つき合い始めたものの、やっぱり男は無理だって思ってるんじゃないかとか、僕に隠れて女

性と会ってるんじゃないかとか……あと、この先ふたりの関係をどうしたいと考えてるんだろうとか、そういう余計なことを考えちゃう時間や労力に煩わされたくない。ネガティブな感情に支配されるのが嫌なんだよ」

次第に感情が高ぶってきて、雨音は心のうちを吐き出した。他人の前でこの思いを口にしたのは、考えてみたら初めてだ。

「なるほど、心配性なんだな」

あっさりひと言で片づけられ、腹が立つより思わず笑ってしまう。

「とりあえず今夜はきみの本音が聞けて一歩前進だ」

「前向きだね」

「前向きじゃないと、人生なんかやってられないだろ？」

ワイアットの榛色の瞳に魅入られたように凝視していたことに気づき、雨音は視線をそらした。

「今日はここまで。今のところ、僕はあなたとつき合う気はないから」

「お試し期間を設けるってのはどう？」

「言っただろ、今日はここまで」

「わかったよ。おやすみ」

「……おやすみ」

小声で言って、車のドアを開ける。

振り返らずに、雨音はアパートのエントランスへと急いだ。

心臓がどくどくと疾走している。ワイアットの前では素っ気ない態度を貫いたが、ひとりになったとたん顔が火照るのがわかった。

（ああもう、調子が狂う！）

ワイアットと関わるたびに、自分のペースを乱されるのが腹立たしい。

オートロックの暗証番号を押し間違え、聞き慣れないエラー音が鳴り響く。

思わず雨音は、機械に向かって「うるさい！」と悪態をついてしまった。


お気に入りのバスローブを羽織り、濡《ぬ》れた髪をタオルで拭う。

シャワーを浴びて体はさっぱりしたが、頭の中はずっともやもやしたままだ。

帰宅してからずっと、ワイアットが口にした〝お試し期間〟という言葉がまとわりついていて――。

（お試し期間だって？）

交際のお試し期間だからデートしたり互いの家を行き来したりといったことなのだろうが、気になるのは性的な行為も含まれるかどうかという点だ。

おそらくワイアットは雨音のペースに合わせてくれて、無理強いはしないだろう。

だが、お試し期間がうまくいって本当につき合うとなったとき、やはり生身の男性とのセックスは無理だと感じたら？

雨音もワイアットも、そうなる可能性が高い気がする。だったら最初から無駄なことをしないほうがいい。

ドライヤーで髪を乾かし、部屋着に着替える。冷凍しておいた炒飯《チャーハン》とインスタントスープで空腹を満たし、寝る前に少しだけ原稿を進めておこうとパソコンを立ち上げた。

マデリンとジェイクの恋は、その後順調に進展している。そろそろベッドシーンを入れたいところだが、なんとなく気が乗らなくて先延ばしにしているところだ。

「………」

頬杖《ほおづえ》をついて、雨音は眉間を寄せた。

体の奥に欲望がくすぶり始めている。これはワイアットとは関係ない——そう思いたかったが、肩に触れた彼の大きな手の感触が、全身の肌にさざ波のように広がっていく。

「ああ、もう！」

立ち上がって、雨音は寝室へ向かった。

忌々しい盗撮カメラはもうないし、人目を気にすることなく淫らな快感に耽ればいい。

それに、ワイアットとのセックスを想定しての自慰は、それこそ〝お試し〟にいちばん必要な行為ではなかろうか。

気分が出そうなセクシーなランジェリーを選ぼうと、クローゼットを開ける。ワイアット的には男性の姿がいいのか、それとも女装姿のほうがいいのかわからないが、知ったことではない。

（僕は自分のやりたいようにやる。それが気に入らないなら、交際したってうまくいかない）

レースのついた白いベビードールとお揃《そろ》いのビキニショーツを選び、雨音は部屋着を脱ぎ捨てた。

7

――LAPD本部ビル、強盗殺人課のデスクで、ワイアット・ケンプは腕組みしながらパソコンのモニターを睨《にら》みつけていた。

捜査中の事件三件に加え、裁判所から証人召喚状も来ている。アリゾナ州の保安官事務所から数年前の未解決事件についての問い合わせも来ているし、やることが山積みだ。

たまったメールを処理しつつ、頭の中に別のことが浮かんでしまう。

『今のところ、僕はあなたとつき合う気はないから』

雨音のセリフを反芻《はんすう》し、ワイアットは顔がにやついてしまうのを抑えられなかった。

〝今のところ〟つき合う気はない――つまり、今後状況が変わる可能性があるということだ。

(口にした本人は気づいてないようだが)

まったく、どうしてあんなに可愛いのだろう。会うたび、言葉をかわすたび、雨音のことがどんどん好きになっていく。

出会いが出会いだけに、初対面のときは不機嫌で辛辣な態度だったが、つんと澄ました顔がなんとも綺麗で内心驚いたのを覚えている。無愛想で口が悪いのに、ちょっとした仕草や立ち居振る舞いが優雅なのは、女装を趣味としているからだろうか――。

（女装姿で出会ってたとしたら、男だって見抜けなかっただろうな）

ヒックスの盗撮動画を確認した際、キャミソールドレス姿の雨音を目にしたが、ロングヘアのウィッグを被《かぶ》っていたので最初は彼女か姉妹かと思った。

職業柄、観察眼は優れているほうだと自負している。それでもソファに掛けて脚を組む仕草やコーヒーカップを持つ手つきから、まさかあれが雨音本人だとは思いもしなかった。横顔のラインでようやく気づいたときの衝撃ときたら……。

「ケンプ、ちょっといいか」

ふいに声をかけられ、ワイアットは急いで仕事モードに戻って振り返った。

「ああ、いいよ。なんだ？」

声をかけてきたのは風紀課の刑事だった。何度か捜査で一緒になったので、互いに気心が知れている間柄だ。

「先日しょっぴいた容疑者が、ネットで拾い集めたエロ動画でサイトを作って荒稼ぎしてたんだ。その中に今そちらが捜査中の例のアパートの盗撮動画がずらっと並んでたんで、一応知らせておこうと思って」

「ええ？　それってダークウェブの話か？」

「いや、子供でもアクセスできるサイトだよ。これがアドレス」

そう言って、ＵＲＬが書かれた付箋をワイアットのパソコンに貼り付ける。

「参ったな……普通にアクセスできるサイトに転載されてるのか」

「この手の動画は、いったんネットに上がったら制御不能だからな」

肩をすくめ、刑事が踵を返す。

その背中に向かって礼を言い、さっそくワイアットは付箋に書かれたアドレスを打ち込んだ。

エンターキーを押すと、広告を目一杯埋め込んだ毒々しい色合いのエロサイトが現れる。

見たところ、男女のセックス動画がメインのようだ。ずらっと並んだカテゴリの中に〝隠し撮り〟の項目を見つけてクリックする。

「うわ」

思わず呻《うめ》き声が漏れてしまった。

サイトの持ち主は、ヒックスの盗撮動画の中から寝室での性行為だけ切り取ってアップしていた。

雨音の動画がありませんようにと祈るような気持ちでスクロールしていく。ワイアットの願いむなしく、〝女装美男子、ディルドで昇天!〟という身も蓋もないタイトルの動画が現れた。

――これは見るべきではない。

クリックしたい誘惑と必死で闘う。

しかしサムネイルの画像は目に入ってしまった。金髪の巻き髪のウィッグ、水色のキャミソールドレス……ベッドに仰向《あおむ》けに横たわった雨音が脚を広げて喘《あえ》いでいる。局部はスカートで隠れているが、乱れた胸元から淡いピンクの小さな乳首が片方見えていて……。

（だめだ、ここは職場だぞ）

目を閉じ、大きく息を吐き出して下半身に集まり始めていた熱をかき散らす。

呼吸を整えてから目を開け、ワイアットは刑事モードで動画に付けられたコメントに目を通した。

『めっちゃエロい。ストレートだけど、これだけ綺麗だったら男でも全然ＯＫ（笑）』

『角度的に肝心の部分が見えなくて残念。でもディルドずぼずぼ入れてるのわかるし、ドレスの下で勃起してるのいいね。射精してドレス濡らしちゃうところが最高』

『なんで音声ないの？　イったときの声聞きたい』

下品なコメントの数々に、ワイアットは顔をしかめた。けど、局部は映っていないらしいことがわかってその点は安堵《あんど》する。

動画が流出していることを、雨音を含めた被害者たちに伝えなくてはならない。

（雨音なら、このサイトから動画を削除できるかな）

既に他のサイトに転載されている可能性もあるし、ネット上から完全に消し去ることはできない。それでもこの手のサイトから消すだけで、拡散の機会がぐっと減るはずだ。

スマホを手に取り、ワイアットは雨音の番号に電話をかけた。

呼び出し音を鳴らすが出ない。書類仕事をひとつ片づけてからもう一度かけるが、やはり応答がなかった。

着信履歴を見てかけ直してくるだろうが、なんとなく気になってワイアットは上着を羽織った。

今から雨音のアパートに行っても裁判には充分間に合う。アパートと裁判所は同じ方向だし、これは仕事の一環ということで問題ないだろう。

「例の裁判の証言に行ってくる」

「了解」

相棒に声をかけ、ワイアットはオフィスをあとにした。

アパートの前で車を停め、スマホを確かめる。雨音からの着信はなく、ワイアットは不安を募らせた。大股でエントランスへ向かい、５Ｃのインターフォンを鳴らす。

『はい』

雨音の声を聞いて、ワイアットはほっと胸を撫《な》で下ろした。

「俺だ。何度か電話したけど繋《つな》がらなかったから」

『ああ……ごめん、寝てた』

寝起きらしい掠《かす》れ声にどきりとしつつ、「具合でも悪いのか？」と尋ねる。

『違う。ゆうべ遅くまで仕事してたから』

「そうか。えーと、今ちょっと話せるか？　事件の話だ」

『……どうぞ』

渋々といった口調で、雨音がオートロックを解除してくれた。アパートに入り、五階へと急ぐ。

玄関の呼び鈴を鳴らすと、ドアの内側から雨音が「え、もう来たの？　早っ」とぶつくさ言っている声が聞こえた。

「ちょっと待って、着替えてるから」

「どうぞごゆっくり」

着替え中と聞いて、先ほど目にしたあられもない姿が脳裏をよぎる。慌てて記憶に蓋をして、ワイアットは「仕事モードで」と自分に言い聞かせた。

「お待たせ」

ドアを開けた雨音は、まさしく寝起きの状態だった。顔はむくみ、瞼《まぶた》は腫れぼったく、髪はぼさぼさ。部屋着らしいTシャツとハーフパンツが、いつもすっきり洒落《しゃれ》ている雨音のイメージをぶち壊しにしている。

客観的に見ればひどい状態なのだろうが、ものすごく可愛いと思ってしまうあたり、自分はこの青年に相当参っているらしい。

「入っていいかな」

無言で頷き、雨音が踵を返す。

後ろ頭の寝癖に心をかき乱されつつ、ワイアットは室内に足を踏み入れてドアを閉めた。

「残念ながら悪い知らせだ。きみにとっては、という意味で」

リビングの手前で立ち止まって告げると、雨音が振り返って顔をしかめる。

「コーヒーが必要だな。あなたも飲む？」

「ああ、頼む」

雨音がコーヒーメーカーをセットするさまを、ワイアットは感慨深い気持ちで眺めた。

毛を逆立てて威嚇する野良猫のようだった雨音が、部屋でふたりきりという状況でもリラックスした姿を見せてくれるようになるとは。

（寝起きでまだ頭が働いてないのかもしれんが）

雨音がちらりとこちらを見やり、「座ってて」とソファを指した。横顔を凝視していたことに気づかれてしまったらしい。

コーヒーの入ったマグを受け取り、ワイアットはどう切り出すか少し迷ってから口を開いた。

「風紀課の同僚がしょっぴいた容疑者が、ネットで拾い集めた動画でサイトを作って荒稼ぎしてたそうだ」

地獄の底から響き渡るような呻き声を上げ、雨音が前髪をかき上げる。

「そのサイトに例の盗撮動画が転載されてたってことだね」

「残念ながら」

よろけながら向かいの椅子に座り、雨音が深々とため息をついた。

「……ま、覚悟はしてたんだ。いったんネットに上がったら拡散は止められないから」

「これがサイトのアドレスだ」

同僚から受け取った付箋を、そっとローテーブルの上に置く。

「事件と直接関係なければ、この件は上には報告しない。他の住人の動画も多数アップされてるから、可能であれば速やかに削除してくれ」

「ああ、僕のすべてのスキルと情熱を注《つ》ぎ込んで取り組むよ」

コーヒーに口をつけた雨音が、熱かったのか顔をしかめた。

ワイアットもコクのあるコーヒーを味わい、しばし室内が静寂に包まれる。

「………見たの？」

雨音の問いに、ワイアットは顔を上げた。

「見てない。本当だ。念のため、動画に付いたコメントには目を通したが」

「………そう」

力なく呟いて、雨音が項垂《うなだ》れる。

「大丈夫か？」

この手の事案は精神的に大きな影響を及ぼすことが多い。以前担当した事件でリベンジポルノが原因で病んだ女性がいたことを思い出し、心配になって尋ねた。

「なんかさ、もういろいろ知られちゃったから開き直ってるっていうか」

コーヒーを呷《あお》ってから、雨音がぼそっと呟く。

「唯一の救いは、僕の正体が割れてない点かな。カメラの角度的に、際どい部分は映ってないと思うし」

「慰めになるかわからんが、あの手の動画は日々大量にネットにアップされてる。新しい動画に押し流されて、古い動画はネットの広大な海に沈んで見えにくくなる」

「日々犠牲者が増えてると思うと、それも結構きついものがあるね」

そう言ってから、雨音がふと思いついたように声を上げた。

「そうだ、こういうサイトにエロとは無関係な動画を大量に仕込んでやるのもいいかもな。犬猫の癒やし動画とかさ」

「ああ、どんどんやれ。俺は聞かなかったことにする」

雨音なら、コンピュータウィルスを仕掛けることも可能だろう——多分。

コーヒーを飲み干して、ワイアットは立ち上がった。

「これから裁判所に行かなきゃならないんだ。また電話するよ」

「わかった。知らせに来てくれてありがと」

雨音のやわらかな口調に、ワイアットはおやと眉をそびやかした。

素直に礼を言ってくれるなんて、気持ちに変化が生じている証拠ではないか。

しかしそれを口にしたら雨音がむきになって否定することが目に見えているので、心にとどめておくことにする。

「何かあったら遠慮なく電話してくれ。あと、俺からの電話には必ず出ること、出られなかった場合もすぐに折り返すこと」

念を押すと、雨音が少々面倒くさそうに「了解」と呟いた。

「コーヒーごちそうさま」

紳士的な笑みを浮かべて、名残惜しい気持ちを抱えつつ部屋をあとにする。

階段を駆け下り、ワイアットはエントランスの扉へ向かった。腕時計を見ながら扉を開けたところで、ちょうど向こうから大きなリュックを背負った若い男がやってくる。

男が閉まりかけた扉を手で押さえて中に入ろうとしたので、ワイアットは「ちょっと待った」とストップをかけた。

「ここの住人か？」

男が振り返り、訝《いぶか》しげな表情でワイアットを見やる。中肉中背、ニット帽にサングラス——ヒックスの事件で聞き込みをしたときには見かけなかった顔だ。

「そうだよ」

「何号室だ？」

「なんであんたに教えなきゃいけないんだ？」

「先日このアパートで事件があったんでね」

　上着の襟元をめくって警察バッジを覗かせると、男がうんざりしたようにため息をつく。

「わかったよ。住人じゃないけど、彼女がここに住んでる」

「何号室だ？」

「4Ｂ」

　扉を閉めて、ワイアットは男をじろりと見下ろした。

「じゃあまず4Ｂのインターフォンを押して、彼女にロックを解除してもらえ」

「わかったわかった、そうするよ」

　男が両手を挙げてあとずさる。

　男は手袋を嵌《は》めていた。バイカーや自転車乗りが使う、滑り止め付きの手袋だ。腕の内側には、小さな漢字のタトゥが並んでいる。

　手袋をしている人間がすべて怪しいとは思わないが、念のため4Ｂの住人との会話も見届けようと腕を組んだところで、電話の着信音が鳴った。

　電話はキャプテンのラファロからだった。通話ボタンを押しながら、男に聞かれないように少し距離を取る。

「はい、ケンプです」

『さっき病院から連絡があった。ジョン・ヒックスが意識を取り戻したそうよ。まだちょっとぼんやりしてるみたいだけど、裁判の証言が終わったら病院に行って話を聞いてきて』

「了解です」

ヒックスが一命をとりとめたことに、まずは安堵する。すぐにでも病院に駆けつけたいところだが、まずは証言を片付けなければ。

ちらりと振り返ると、先ほどの男の姿はなかった。４Ｂの住人にオートロックを解除してもらえたらしい。

裁判の時間が迫っていることに気づいて、ワイアットは急いで車へ向かった。


証言を終えて病院に着くと、ちょうど駐車場に相棒の車も到着したところだった。

「早かったな」

「ああ、大勢いる証人の、ほんの端役だからな。五分かそこらで終わったよ」

話しながら、ヒックスの病室へ向かう。

「記憶を失ってなきゃいいんだが」

「キャプテンの話じゃ、その点は大丈夫そうだ」

病室に着くと、看護師がドアを開けて迎え入れてくれた。

「意識ははっきりしてますが、話は手短にお願いします。患者を興奮させないよう気をつけてください」

「了解です」

ベッドに横たわるヒックスはかなり憔悴《しょうすい》した様子だった。けれどワイアットと相棒が近づくと、「取り調べが来たか」と自嘲気味に笑ってみせる。

「じゃあさっそく始めよう。あなたを殴った犯人は?」

「名前は知らん。だが顔は覚えてる」

「犯人の素性に心当たりは? ちなみに盗撮の件は把握しているから、安心して話していいぞ」

ワイアットの言葉に、ヒックスが盛大なため息をついた。

「わかった。全部正直に話す。その代わり、情状酌量だか司法取引だかってやつを適用してもらいたいね」

「優秀な弁護士を雇うんだな」

素っ気なく言い放つと、ヒックスが観念したように口を開いた。

「確かに俺は、住人の部屋にカメラを取り付けて盗撮してた。マスターキーでどの部屋にも出入り自由、入居者の名簿もあるから、女性の部屋に狙いを定められる。なあ、これって管理会社の不備じゃないか？　管理人にマスターキーを持たせた側の責任とかあるんじゃないの？」

「普通はマスターキーを持ってても、こっそり部屋にカメラを取り付けようとは思わないんだよ」

相棒の突っ込みにヒックスがふんと鼻を鳴らし、話を続ける。

「最初は自分で愉《たの》しむためだったんだが、小遣い稼ぎしようって欲が出ちまって。兄貴がネットに詳しくて、ダークウェブならばれねえっていろいろ教えてくれて」

「なるほど。兄上にも話を聞いたほうがよさそうだな。で、犯人は盗撮動画の件と関係が？」

ヒックスがこくりと頷く。

「刑事さんたちも知ってるだろうけど、盗撮動画の中にひとつ毛色の変わったやつがあってね。女性だと思ってカメラを仕掛けたら、女装癖のある男で」

雨音の話が出て、ワイアットは体を強《こわ》ばらせた。

「5Cの住人だな？」

「そう。男だと気づいてカメラを取り外そうとしたんだが、女装姿がえらい別嬪《べっぴん》だし、ありきたりな盗撮よりこういうほうが希少価値があって売れるんじゃないかと思ってな。実際寝室にカメラを仕掛けたら、すごいのが撮れて」

「犯人とどう関係してるんだ」

ヒックスが言い終わらないうちに、慌てて遮る。

「妙なメールが来たんだよ。あの女装青年の大ファンになったから、名前や連絡先を教えてくれって。無視してたら、今度はあの動画が自分以外の目に触れるのは耐えられないから今すぐ取り下げろとか」

「メールのやりとりは残ってるか？」

「ああ、残してある。で、どうやって特定したのか、あの日奴《やつ》が訪ねてきたんだ。多分アパートの内装とか、窓から見える景色でばれたんだな。くそ、もっと用心するべきだった」

ドアが開いて看護師が顔を覗かせたので、ワイアットは「もう少しで終わります」と笑顔を作った。

「あいつ、最初は刑事を装ってたんだ。『ここの住人が盗撮されている、捜査のため部屋を確認したい』って言われて焦ったのなんの。だけど、こういうときは令状はあるのかまず確かめないとな。持ってないって言うから追い返すことにした。だが奴はしつこくて、アジア系の若い男の部屋番号を教えろって食い下がった。それで俺も、例のおかしなメールを寄越した奴だと気づいたんだ」

「どんな男だ？」

答えようとしたヒックスが咳《せ》き込んだので、再び看護師が顔を覗かせる。

「大丈夫だ」

看護師を手で追い払い、ヒックスが水を飲んで話を続けた。

「年齢は三十くらい。いや、二十代か？　白人の若い男だ。背はそんなに高くない。太ってもいないがその……細くもない。どっちかってぇと痩せてもなくて、イケメンでもないが不細工でもない。で、そいつと口論になったんだ。おまえは刑事じゃなくてメール送ってきた奴だろうって言って、向こうもなんか言い返してきて、よく覚えてねえけどさ。気がついたら床に倒れてた」

「背後から頭を殴られたんだよ。医者から聞いてるだろうが、かなり重篤な状態だった。助かったことに感謝して、今後は真面目に暮らすんだな」

相棒が諭すと、ヒックスが口の中で何やら悪態をついた。

「メールの発信元をたどれば犯人が特定できそうだな。それと、周辺の防犯カメラに映ってないかチェックしよう」

ワイアットが相棒とともに病室をあとにしようとしたところで、ふいにヒックスが「ああ」と声を上げた。

「思い出した。その男、腕にタトゥを入れてた」

言いながら、ヒックスが自分の右腕の内側を指さす。

「ここになんかの文字……あれはなんていうんだ？　ほら、中華料理店の看板にあるやつ」

「漢字？」

相棒が訊き返したそのとき、ワイアットの体に稲妻が走り抜けた。

——腕に漢字のタトゥ。

さっきアパートのエントランスで言葉を交わした、あの男だ——。

「ケンプ⁉ どうした⁉」

突然走り出したワイアットを、相棒が追いかけてくる。

「漢字のタトゥの男、さっきアパートの前で会ったんだ！」

「なんだって？」

雨音が危ない。

誰かが廊下を走るなと怒鳴っているが、ワイアットは全速力で廊下を駆け抜けた。

マデリンの気持ちは激しく揺れていた——まるで嵐の大海原のように。

ジェイクとつき合ったってうまくいくわけがない。それはよくわかっている。

けど、結論を出すのは試してみてからでも遅くないいんじゃない……？

キーボードの音が軽快に鳴り響く。

雨音の原稿は、このところ快調に進んでいた。

『原稿読んだけど、すごくよかったわ。この刑事、今までのあなたのヒーローと違った色気がある。生々しい男くささって言ったらいいのかしら。これは絶対読者に受けるわ』

書きかけの原稿をポーラに見せたところ、手放しで褒めてくれた。雨音としても、新境地を切り開くことができたのを実感している。

認めるのは少々癪《しゃく》だが、ワイアットとの交流が作風に影響を与えていることは間違いない。今まで雨音は、自分の想像と小説や映画から得たインスピレーションだけでヒーローを書いていた。自分の思い通りにならない生身の人間をモデルにしたことで、思いがけない描写やエピソードがいくつも生まれた。

当初は戸惑いもあったが、今では心地よささえ感じている。

ワイアットとの関係はさておき、表現の幅が広がったのは実に喜ばしく——。

インターフォンの音に、キーボードを叩いていた雨音は顔を上げた。

（誰だ？）

時計を見ると、ワイアットが帰ってから二時間近く経過している。

シャワーを浴びてすっきりし、ようやく筆が乗ってきたところなのに、執筆の邪魔をされて苛《いら》立《だ》ちつつ立ち上がる。

モニターを覗いて、雨音は少々面食らった。

訪問者はエントランスではなく、ドアのすぐ外に立っていたのだ。宅配便の会社のロゴが入った帽子を被っているので配達員だろうが、他の部屋と間違えたのだろうか。

応答ボタンを押し、「はい」と返事をする。

『宅配便です』

男が小さなダンボール箱を掲げてみせる。

通販で何かを買った覚えはないので、雨音は「部屋を間違えてませんか？」と尋ねた。

『いえ、５Ｃのフジムラさん宛てです』

いったいなんの荷物だろう。ドアチェーンを掛けたまま、用心深くドアを開く。

「こちらにサインをお願いします」

配達員がにこっと笑顔を見せる。

その笑顔とイギリス訛《なま》りの英語に、雨音の警戒心がほんの少し緩んだ。

まったく、自分はどうしてこうもイギリス英語に弱いのだろう。いつもだったらドアの隙間からサインをし、荷物はドアの外に置いていってくれと言うのだが、ついついチェーンを外してドアを開け……。

「――⁉」

いきなり配達員が突進してきて、布のようなもので口を塞がれる。

しまったと思ったときはもう遅かった。暴漢が部屋に押し入り、あっというまに両手を紐《ひも》か何かで拘束されてしまう。

「声を出すな」

背後から暴漢が押し殺した声で命じた。

ナイフを見せられ、こくこくと頷く。

聞き覚えのない声だ。ちらりと見えた漢字のタトゥにも見覚えがない。

(この人、管理人を襲った犯人?)

そのことに思い当たり、全身が凍りつく。だとしたら、殺される可能性もあるわけで――。

「安心して。殺したりはしないから。ああ、やっと会えた。なんて綺麗な肌なんだ……写真で見た通りだ」

うなじから首に手を這《は》わされて、思わず雨音は小さく悲鳴を上げた。

恐怖よりも生理的な嫌悪感が上回っている。見知らぬ男に肌に触られることほど不快なものはない。

「声を出しちゃだめだと言っただろ? さあ、寝室に行こう」

猫撫で声で囁《ささや》かれ、ぞわりと肌が粟立《あわだ》った。

あれほど好きだったイギリス英語なのに、今は気持ち悪くて吐きそうだ。

(なんで寝室?)

答えはうっすらと予想がついたが、今は男の言う通りにするしかない。

寝室に入ると、男は雨音をベッドに座らせた。

「大人しく言うことを聞いてくれたら危害は加えない。わかったら返事して」

「……わかった」

「いい子だね」

言いながら、男はベッドサイドの籐《とう》の椅子を引き寄せて座った。

(こいつを追い出したら、真っ先に捨てよう)

お気に入りの椅子だが、暴漢が座った椅子には二度と座れない。

宅配会社のキャップを脱いで放り投げ、男は正面から雨音の顔をじっと見つめてきた。

「すっぴんでも綺麗だね。眼鏡はないほうがいいけど」

「余計なお世話だ」

怯《おび》えていることを隠そうと、男を睨みつけて言い返す。

雨音のセリフに、男が大袈裟《おおげさ》に眉をそびやかした。

「だめだよ、メロディがそんな言葉遣いをするなんて」

「……っ!」

どうして男はメロディという名前を知っているのだろう。高速で頭をフル回転させ、雨音はあっと声を上げた。

「あんた……僕のインスタにしつこくコメント送ってきた奴か」

「覚えててくれた? 嬉《うれ》しいな。そう、俺がメビウスだよ」

会いたいだのつき合いたいだのといったコメントは山のように来ていたが、中でもメビウスは病的にしつこかった。前世からの縁がどうのこうのいうポエムを送ってきたり、加工しまくった自撮り写真を送ってきたり、ブロックしても新たなアカウントでコメントしてくるので、途中から面倒になって放置していた。

この男はメロディにぞっこんだ。それを知っているので、雨音の気持ちに少し余裕が生まれた。

「どうやって僕がメロディだって突き止めたんだ？」

「偶然きみの部屋の盗撮動画を見つけたんだよ。服やウィッグ、部屋の内装や家具が一致してたからすぐにわかった」

メビウスが得意げに言う。

「なるほど、あんたもエロサイト見てたんだ」

「本命がつれないからね。メロディの代わりを探したけど、きみほど魅力的な子はいないってわかっただけだったよ」

「ヒックスを……管理人を襲ったのもあんたか？」

「ノーコメント。それよりきみにお願いがあるんだ。聞いてくれるよね？」

鼻先にナイフを突きつけられ、ノーと言えるわけがない。渋々雨音は頷いた。

「まずはメロディになってくれ。いつもみたいにメイクして、ウィッグは金髪の巻き髪のやつがいいな」

「お安いご用だ」

わざとぶっきらぼうに言って、雨音は立ち上がった。ドレッサー代わりにしているライティングデスクの蓋を開け、メイク道具を手に取る。

「言っとくけど、僕メイクにめっちゃ時間かかるよ」

「構わないよ。きみが化粧をする姿をじっくり堪能《たんのう》させてもらうから」

ねっとりした口調に思わず「きもっ」と声が出てしまう。幸いメビウスには届かなかったようで、鼻の下を伸ばしたにやにや顔が鏡に映っていた。

(女装姿を生披露するくらいで済むなら、ほんとにお安いご用だけど)

誰にも見せたことのない姿を初披露する相手がこの男だというのは腹立たしいが、雨音も命は惜しいし心身を傷つけられるのは避けたい。

それでも嫌なことは少しでも先延ばしにしたくて、いつもより丁寧に下地を塗り込んでいく。

(隙を見てワイアットに電話しよう)

ナイトテーブルに置きっぱなしのスマホを、横目でちらりと盗み見る。

スピーカー機能をオンにしておけば、ワイアットが気づいてくれるはずだ。

「そんなに厚塗りしなくても、きみの肌は充分綺麗だよ」

「そりゃどうも。でも僕には僕のやり方があるから」

生意気な口調で言い返すと、メビウスの顔色がさっと変わった。

「わかってないみたいだな。この場の主導権は俺にあるんだよ」

ナイフをちらつかされて、雨音はぐっと押し黙った。

そうだ、この手の人間は怒らせてはいけない。大人しく言うことを聞くふりをして、逃げるチャンスを窺うしかない。

ナイトテーブルのスマホを手に取り、メビウスが「これは預かっておこう」とズボンのポケットにしまう。

スマホを奪われ、雨音は内心舌打ちした。

椅子に続いて、男のポケットに収まったスマホなんて気持ち悪くて二度と触れそうにない。

「何をさせられるのか心配なんだね。大丈夫、ひどいことはしないよ。きみとは真剣な交際をしたいと思ってる。だからいきなりセックスを強要したりはしない」

後ろに立ったメビウスに髪を撫でられ、雨音は必死で悲鳴を飲み込んだ。

「僕は接触恐怖症なんだ。触られるのはすごく苦手で……っ」

「そうなんだ、ごめんね。ゆっくり時間をかけて慣らしていけば大丈夫だよ」

心の中で「おまえだけは一生無理」と叫びつつ、しおらしい態度で頷く。

「だけど、きみのオナニーがずっと頭から離れなくてさ。動画はどれも肝心の部分が映ってないだろ？　どうしてもこの目で見たいんだ……きみのいやらしい穴が、ディルドを咥《くわ》え込んでいるところを」

メビウスの言葉に、全身から血の気が引いていく。まさかこの男は、自分の目の前でオナニーしてみせろと言っているのか。

「人に見られてたらできない！」

「心配ないよ。よく効く媚薬《びやく》を持ってきたから」

冗談じゃない。媚薬で発情させられるなんて絶対に嫌だ。

誰かの助けを大人しく待っていたら手遅れになってしまう。どうやってこの男を撃退するか、雨音は必死で考えを巡らせた——。

三十分後。金髪のウィッグに淡いピンクのランジェリーをまとった雨音は、ベッドの上で淫らな疼きに耐えていた。

媚薬なんかに屈しない。そう思っていたが、メビウスが持ってきた媚薬は強力だった。

粘膜がじんじんと疼き、硬いもので擦《こす》って欲しい欲望ではちきれそうだ。

『触るな！　触られたら本当に失神する！　それじゃあんたも愉しめないだろう！』

秘部に媚薬を塗ろうと近づいてきたメビウスに必死で言い募り、最悪の事態は免れた。

が、自分でそこに塗るように言われ、しかもそれをスマホで撮影されてしまい……。

『安心して、これはネットには上げないから。きみの特別な秘密を他の奴に見せるわけにはいかないからね』

そんなの信じられるわけがない。隙を見てメビウスを椅子で殴って逃げるつもりだが、奴のスマホも奪って叩き壊さなければ。

（なんでこんな目に……っ）

インスタにしつこくメッセージが来た時点で、警察に相談すればよかったのだろうか。

ネット上のトラブルなんてよくあることだし、警察に行っても解決しないだろうと放置してしまった。

管理人が何者かに襲われたときも、自分とはまったく関係ない事件だと思っていた。

だが管理人が部屋を盗撮していたこと、そして自分の部屋も盗撮されていると知ったとき、事件と関係ある可能性を考慮して速やかにアパートから離れるべきだったのだ。

それもこれも今だからそう思えるのであって、まさかメロディにご執心のフォロワーが犯人だとは思いもしなかったのだが。

「うわあ、たくさんコレクションしてるんだね」

クローゼットの中、ローターやバイブ、ディルドなどの玩具《おもちゃ》の引き出しを開け、メビウスが感心したように声を上げる。

誰にも知られたくない秘密を暴かれ、雨音は羞恥と怒りで爆発しそうになった。

けれどタオルで猿ぐつわを嚙《か》まされているので、声を上げようにも上げられない。

（よりによって、こんな男に……！）

本当に、なぜ見ず知らずの男に恥ずかしい秘密を披露しなくてはならないのか。

ベッドのフレームに縛り付けられた紐を外そうと手首を揺り動かす。拘束されているのは左手首だけだから、逃げるチャンスはきっとあるはず。

メビウスが右手を拘束しなかったのは、アナルに媚薬を塗らせるためだ。そしてこのあとは、バイブかディルドを入れさせられる。

「メロディ、きみは本当に悪い子だ。こんなに大きな玩具で遊んでるなんて」

メビウスがわざとらしい驚愕《きょうがく》の表情を作り、引き出しの中から新品のディルドを取り出して掲げる。

XLサイズのそれは、鑑賞用に購入したものだ。初心者向けのローターや細めのディルドしか入れたことがないのに、極太ロングサイズでオナニーしていると思われるのも腹立たしい。

(こいつにどう思われたっていいんだけど)

そうだ、誰にどう思われても構わない。

頭の片隅にワイアットの姿が浮かび、なぜか急に息苦しくなって、雨音は猿ぐつわの下で喘いだ。

彼にだって、どう思われても自分は別に気にしない。考えてみれば、自慰を見られたところで死ぬわけじゃなし――。

「――!?」

ふいに隣の部屋から大きな物音が聞こえ、ぎくりとする。

バイブを手ににやにやしていたメビウスも、はっとしたように顔を上げた。

誰かが玄関のドアを蹴っている。

「警察だ、開けろ！」

ワイアットの声が耳に届き、雨音は目を見開いた。

助かった。だけど、今のこの姿を見られたくない。

自慰をさせられている最中ではなかったのが幸いだが、媚薬のせいで勃起してランジェリーの布地を突き上げている状態で……。

ドアを蹴る音、そしてドアが床に倒れる音、複数の足音が鳴り響き、雨音は慌ててブランケットをたぐりよせた。

ワイアットに発情した姿を見られるのはなんとしても避けたい。

なのに、ワイアットの声を聞いたとたん、なぜか媚薬がさらなる効果を発揮し始めていた。

「どういうことだ？　メロディ、きみが通報したのか？」

先ほどからメビウスが何か喚《わめ》いているが、それどころではなくて耳を素通りしていく。

ばたんと音を立てて寝室のドアが開き、銃を構えたワイアットが飛び込んできた。

「武器を捨てて手を上げろ。不法侵入と監禁容疑で逮捕する」

メビウスの両手から、バイブとディルドがごとんごとんと音を立てて床に落ちる。

床に散らかった玩具を横目で見ながらワイアットが淡々とミランダ警告を口にし——滑稽な惨状に雨音は目を覆いたくなった。

「大丈夫か?」

まだ何やら喚き続けているメビウスに手錠をかけ、ワイアットが振り返る。ブランケットの下から、雨音はこくこくと頷いた。

「大丈夫なもんか! メロディ、教えてやれよ。今きみの体がどういう状態か」

急いでメビウスの口を塞ぎたいところだが、今ブランケットの下から出るわけにはいかない。

「どういうことだ? 何かされたのか?」

「なんでもない、ほんとに。痛めつけられたわけじゃないから……っ」

「失礼、紐を切らせてくれ」

律儀に断り、体が触れないよう気をつけながらワイアットがベッドフレームに繋がれた紐をナイフで切ってくれた。

体を起こし、ベッドの上で膝を抱えて丸くなる。

——おかしい。先ほどまではなんとか我慢できる程度だった疼きが、耐え難いレベルになってきている。時間の経過とともに効き目が強くなってきたのだろうか。

「立てるか?」

「……無理。ちょっとひとりにして……」

もうひとりの刑事や制服姿の警官に聞かれたくなくて声を潜める。自分でもびっくりするほど甘ったるい声になってしまい、かっと頰が熱くなった。

「薬を盛られたんだな？」

ワイアットに小声で尋ねられ、視線をそらしながら頷く。

きっと彼は気づいているはずだ。ただの薬ではなく、媚薬だということに……。

「すまん、彼がちょっと具合が悪そうだから、先に行っててもらえるか」

ワイアットが相棒の刑事に呼びかけると、刑事が「救急車を呼ぼうか？」と尋ねてくれた。

「いえ、大丈夫です！　ちょっと安静にしてたらすぐ落ち着きますので！」

慌てて親切な申し出を断る。捜査の過程でいずれは知られてしまうだろうが、媚薬に苦しめられていることをリアルタイムで知られたくない。

「俺はここに残る。そいつの連行を頼んでいいか？」

「ああ、応援も来てるから大丈夫だ」

刑事がメビウスの背中を押して寝室をあとにする。ふたりきりになると、ワイアットが寝室のドアを閉めた。

「状況を把握するために訊くが、薬を飲まされたのか？　それとも打たれた？」

力なく首を横に振る。ワイアットが興味本位で訊いているわけではないことはわかっているが、アナルに塗り薬を……などとは非常に言いづらい。

「お願いだからひとりにして。僕が今どういう状態かわかってるんだろ」

息を喘がせながら懇願する。疼きはますますひどくなり、頭の中は淫らな欲望で一杯だった。

「媚薬は時間が経てば収まる。だが、こういったドラッグはどういう副作用があるかわからないから怖いんだ。きみが嫌がっても症状が落ち着くまでは目を離せない」

「……っ」

言葉の内容はまったく頭に入ってこないが、深みのある低い声が雨音の官能を刺激する。

どうやら媚薬というのは体だけでなく脳にも影響を及ぼすものらしい。

そうでなければ、こんなおかしな考えが——この耐え難い疼きをワイアットに鎮めてもらえばいいのではないか、などという馬鹿馬鹿しい考えが浮かぶはずがない——。

(だけど、理に適《かな》ってるんじゃない？　ワイアットはお試しでつき合ってみようって提案して、僕はセックスが可能かどうか悩んでるわけだし)

媚薬のせいで、今の自分は理性的に物事を考えることができていないのかもしれない。

体の芯で燃え盛っている炎が、あれこれ考えずに欲望のままに行動しろと煽《あお》り立ててくるせいだ。

「顔が真っ赤だ。熱い？　水を飲むか？」

ワイアットに気遣わしげに尋ねられ、雨音ははあっと息を吐き出した。

(もうだめだ。どうにでもなれ……！)

今の自分はいつもの自分ではない。理性のたがが外れた、発情期の動物だ。

「……鍵かけて」

「え？」

「寝室のドアに鍵かけて。玄関のドア、壊れてるんだろ」

「ああ」

寝室のドアに鍵をかけ、ワイアットが所在なげにベッドのそばの椅子に掛ける。

「俺に何かできることは……」

「今から変なこと言うけど、全部薬のせいだから」

ワイアットの言葉を遮って、雨音はブランケットの端を握り締めた。

「わかった。全部薬のせいだな」

ワイアットが復唱し、頷く。

生真面目なその態度に、雨音は自分が恥知らずなビッチになった気がして興奮した。恥ずかしさや後ろめたさよりも興奮を覚えるなんて、この媚薬は相当脳に影響を及ぼしているらしい。

「……お試しでつき合ってみようって話」

「うん」

「……セックスも試してみたほうがいいと思うんだ」

「えっ？　いや、俺はそういうつもりで言ったんじゃない。つき合うとなったらもちろんしたいけど、無理には」

「ストップ」

　ワイアットを見上げ、雨音はごくりと唾を飲み込んだ。

　がっちりと逞《たくま》しい体に、意外にもスーツがよく似合っている。広い肩、厚い胸板……引き締まった腰から股間へ視線を這わせ、吐息を漏らす。

　もう我慢できない。

　ほんのわずかに残っていた理性や恥じらいが吹き飛び、雨音はブランケットを取り払った。

　金髪のウィッグ、ピンクのランジェリーとお揃いのショーツ……メイクはアイラインと唇に軽く色を乗せた程度だが、充分女性らしく見える自信はある。

　ワイアットが息を飲む気配に一瞬怯《ひる》みそうになったが、体は早く彼を受け入れたくて熱く疼いていた。

「……ここに……」

　蚊の鳴くような声しか出ないのが情けないが、ランジェリーをまくり上げてショーツを露《あら》わにする。

　サテンの布地は、先走りでじっとりと濡れていた。

　ワイアットの反応が怖くて仕方ない。

　どんなに女性っぽく見せても男の体だ。小ぶりながらペニスがあるし、胸も平らで、触り心地も女性のようにやわらかくはない。

ふいにワイアットが唸《うな》り声を上げたので、雨音はびくっとして顔を上げた。

上着を脱ぎ捨て、ワイアットがベッドに上がってにじり寄ってくる。

これまで見たことのないような険しい表情だ。眉間を寄せ、歯を食いしばり、目が血走っている。

彼が怒っているのかと思い、雨音はびくびくと首をすくめた。

「雨音……きみは今、正常な判断ができない状態だ。そんなときにつけ込むような真似《まね》はしたくない」

「えっ？　いや確かに僕は今普通じゃないけど、自分が何をしようとしてるかちゃんとわかってるよ」

「いや、わかってない。媚薬のせいでその気になってるだけだ」

棒色の瞳を見つめ、雨音は次第に意識がぼんやりと曖昧になっていくのを感じた。

「それでもいいんじゃない？　僕は男性に触られるのが怖いから、普通の状態じゃセックスできないと思う。でも今ならできそうだから、これはいい機会じゃないかと」

それでもなお、ワイアットはためらっているようだった。彼の生真面目さが愛《いと》おしくなり、思わず腕に触れる。

自分からワイアットに触れるなんて、普通だったらできないことだ。ワイシャツの上から逞しい腕に触れたとたん、胸がじわっと熱くなる。

雨音が触れたとたんワイアットが体を強ばらせ、数秒のちに獣のような咆哮《ほうこう》を上げてのしかかってきた。

「えっ？　うわ、ちょっと……っ」

ベッドに押し倒され、目を白黒させる。

自分から誘ったとはいえ、ワイアットの熱量が想像以上に大きくて……。

「……っ！」

唇を塞がれ、一瞬何が起こっているのか理解できなかった。初めてのキスの感慨を味わう間もなく、口腔《こうこう》内に熱い舌が押し入ってくる。

粘膜が触れ合う感触は、雨音に激しい衝撃をもたらした。

これは媚薬のせいなのだろうか。それとも、キスというのはこんなふうに脳天を甘く痺れさせる効果があるものなのだろうか。

舌先で上顎をくすぐられ、足の指がぴくっと引きつる。脚の間がじわっと熱くなり、気づくと雨音は精液を漏らしていた。

（うそ……いっちゃった？）

失禁のような射精に茫然《ぼうぜん》とする。キスだけでいってしまうなんて、失態としか言いようがない。

（きっと媚薬のせいだ）

そうでなければ困る。ワイアットと恋人同士になったとして、キスのたびにこんなに感じていたら、その先に進めない――。

「がっついて悪い。今ならまだなんとか引き返せる。もう一度訊く。本当にいいのか？」

間近で榛色の瞳に見下ろされ、雨音はこくりと頷いた。

心臓の音がやかましいほど鳴り響いているのに、不思議と気持ちは落ち着いている。ワイアットの腕に抱かれて、安心感さえ覚えていた。

「いいよ……来て」

「ああ、すぐに行く。ちょっと待ってくれ」

ワイアットがベッドから降りて、あたふたと服を脱ぎ始める。ワイシャツを剝ぎ取りズボンのベルトを外し、逞しい裸体が露わになって雨音は息を飲んだ。

媚薬で麻痺《まひ》していなければ、怖かったかもしれない。太い腕や大きな手は、その気になれば簡単に雨音の息の根を止められそうだし、分厚い体はずっしりと重そうだ。

そして視線は、黒いボクサーブリーフの前の猛々《たけだけ》しい盛り上がりに吸い寄せられていく。

（……ちょっとおっきくない？）

立派なサイズに怖じ気《おけ》づくが、媚薬を塗り込めた場所は期待で疼いてしまう。

ベッドのそばに立ちはだかって、ワイアットが大きく肩で息をした。

「途中でどうしても無理だと思ったら遠慮なく言ってくれ。いいな？」

「お気遣いどうも。生身の人間は初めてだけど道具を使ったことはあるから、そんなに初心者扱いしなくて大丈夫だから」

何も知らない初《うぶ》なバージンだと思われたくなくて、唇を尖らせる。今更格好つけても仕方ないのに、ついむきになってしまった。

ワイアットがにやりと笑い、見せつけるようにボクサーブリーフをゆっくりと下げる。

「……っ！」

ぶるんと勢いよく飛び出した屹立《きつりつ》に、雨音は衝撃を受けて固まった。

血管の浮いた太い茎、重たげな陰嚢《いんのう》、そして大きく笠《かさ》を広げた亀頭。

彼の身長や体格からある程度予想はしていたが、巨根と呼ぶにふさわしい一物は、雨音には刺激が強すぎて――。

「これ使わせてもらうぞ」

床に落ちた各種グッズの中から、ワイアットがコンドームの箱を拾って開ける。バイブやディルドに装着するために常備しているもので、ワイアットのサイズに対応できるかわからないが、ないよりはましだろう。

（あれが僕の中に……）

ワイアットがコンドームを装着する生々しい光景から目をそらし、もぞもぞとベッドに横たわる。

　大きな手にランジェリーをたくし上げられ、雨音は反射的に胸を隠した。

「これは脱いで、ウィッグも外してくれ」

「え？　あったほうがよくない？」

　長い巻き髪を触りながら言うと、ワイアットが雨音の隣にやってきた。

「ないほうがいい。それと、口紅も落として」

　ティッシュを差し出されたので、仕方なくピンクのリップカラーを拭う。

「きみの女装趣味は否定しないし尊重するが、俺的には普段のきみのほうが好みなんでね」

　なんとなく照れくさくなり、「物好きだね」と憎まれ口を叩く。女装じゃないと抱く気にならないなどと言われずに済んだことに、内心ほっとしつつ。

「おしゃべりはこれくらいにして、始めよう」

　再び唇を塞がれ、雨音は甘い吐息を漏らした。

（あ……）

　口づけを交わしながら、ワイアットがショーツの上からそっとペニスに触れる。心地よさに、雨音はびくびくと背筋をしならせた。

　他人に触れられる恐怖や嫌悪感は微塵《みじん》も湧いてこない。これも媚薬の効果なのだろうか――。

　やがて大きな手は、ショーツの中に潜り込んできた。

びしょびしょに濡らしてしまったので脱いでおけばよかったと後悔したが、そんな考えもあっというまに快感に流されていく。

(なんかもう、蕩《とろ》けそう……)

脚の間をまさぐられ、快楽の海にたゆたう。

ごつごつして無骨な印象の手なのに、触れ方は驚くほど繊細で優しかった。

「ああ……っ」

蟻《あり》の門渡《とわた》りから奥まった場所にある蕾《つぼみ》に触れられ、声を上げる。

また何か漏れてしまった気がする。先走りなのか精液なのか、それすらもわからないほど雨音は恍惚《こうこつ》を味わっていた。

「何か塗らなくても大丈夫か?」

「ん……薬がべとべとしてたから……」

早く入れて欲しくて、無意識に腰を浮かせてワイアットの指を深く迎え入れる。

「……あんっ」

入り口の浅い部分を指の腹でまさぐられ、それだけでいってしまいそうなほど気持ちよかった。

ワイアットが体を起こし、雨音の両脚を抱えて大きく広げる。

交接の体勢を取らされることに興奮して、雨音は息を喘がせた。

「あぁあ……！」

ぬかるんだ蕾に大きな亀頭を押し当てられ、全身に官能の波が広がっていく。

自慰をするときも、雨音は先端の太い部分が入ってくるこの瞬間がいちばん好きだ。媚薬で蕩けきっている粘膜は、初めて経験する本物のペニスに悦《よろこ》んで絡みついた。

「うっ」

雨音の粘膜の淫らな蠕動《ぜんどう》に、ワイアットが低く呻いて顔をしかめる。

「あんまり煽らないでくれ。ものすごく努力して、暴走しないように制御してるんだ」

「そんなこと言ったって、僕だってもう限界で……っ」

「くそっ、なんでこんなにエロいんだ！」

それまでの紳士ぶりが嘘のように、ワイアットが悪態をつく。そして雨音の脚を抱え直し、ぐいと腰を突き入れた。

「ひああっ！」

大きく笠を広げた亀頭がずぶずぶとめり込んできて、その衝撃に雨音は悲鳴を上げた。

これまで雨音が使ってきたディルドやバイブとは比べものにならない太さだ。なのに全然痛くないのは、媚薬が効いているからだろうか。

「あ、すごい、おっきいのが中に入ってくる……っ」

心の声が漏れてしまったらしい。ワイアットが「煽るなって言ってるだろう！」と叫ぶ。

「だってほんとに、太すぎ……っ」

太くて長くて、かちかちに硬い。雨音の初々しいペニスとはまったく違う、成熟した牡《おす》のペニスだ。

「まったく、本当に、どこまで俺を夢中にさせるつもりだ」

ワイアットが苦々しげに呟く。

「僕だって困惑してるよ！　あっ、な、なんでこんなに気持ちいいんだよ……っ」

「雨音……！」

雄々しく隆起した男根が、狭い肛道《こうどう》を目一杯押し広げて奥へ突き進んでくる。硬くて太いもので粘膜を擦られる感触は、雨音を官能の絶頂へ導いた。

「あ、そこ、もっと擦ってっ、いっぱいファックして！」

我を忘れて、淫らな言葉を口走る。

ワイアットも獣のように吠え、雨音はワイアットとの体の境界が曖昧になるのを感じた。

ひどく奇妙な感覚だった。ふたりの体がひとつになり、同じ快感を共有しているような——。

「ああ……っ！」

何度目になるかわからない絶頂が訪れる。

体の奥に熱い飛沫《しぶき》が放たれるのを感じつつ、雨音は初めてのセックスの余韻に身を委ねた。

「……ええ、大至急お願いします。できれば今日中に」

――ワイアットが誰かとしゃべっている声が聞こえてくる。

薄目を開けた雨音は、今自分が置かれている状況がわからなくて混乱した。

(ここアパートの僕の部屋だよな？　なんでワイアットが僕の部屋に？)

上半身を起こし、乱れたベッドに顔をしかめる。全身を包むけだるい倦怠感《けんたいかん》と尻の奥の違和感に、ようやく記憶がよみがえり始めた。

(そうだ、ワイアットと……)

人生初のセックスをしてしまった。

しかも、媚薬のせいで何が何だかわからない状態で。

――いや、自分で自分が何をしたかはよくわかっている。正確には、媚薬の勢いを借りてワイアットとの関係を一歩踏み出してみた……といったところか。

再びシーツの上に横たわり、天井を見上げる。

セックスはすごくよかった。あんな、全身が蕩けるような快感は初めてだ。

そして意外なことに、ワイアットの逞しい腕に抱かれたり、どっしりと厚みのある体の重さを感じたりするのも悪くなかった。

他人の汗ばんだ肌と触れ合うなんて冗談じゃないと思っていたのに、ワイアットの胸に抱かれたことを思い出すと体がじわっと熱くなる。

(問題は、媚薬なしでも接触できるかどうかだな)

目を閉じてうとうとしていると、寝室のドアが開いてワイアットが入ってくる気配がした。今はまだ顔を合わせるのがばつが悪くて、寝たふりをしてやり過ごすことにする。

「雨音、起きてくれ」

「…………」

軽く肩を揺さぶられ、仕方なく雨音は薄目を開けた。

「大丈夫か？」

すっかり身支度を整えたワイアットに、気遣わしげに顔を覗き込まれる。

「……大丈夫だよ」

「玄関のドアの修理を頼んでおいた。一時間後くらいに来てくれるそうだ。アパートの管理会社に事情を話して、修理代は管理会社が持ってくれることになったから」

「……ありがと」

ずいぶんと気が利くではないか。雨音の中で、ワイアットの好感度が一段階アップした。

「俺はこれから署に戻る。事件の被害者としてきみの供述が必要なんだが、急がないから明日でいいよ」

「わかった……本部に行けばいいの？」

「ああ。俺がいたほうがいいから、来る前に連絡して」

「了解」

頷いて目を閉じたところで、ベッドがぎしっと音を立てて軋《きし》む。眉根を寄せつつ目を開けると、ワイアットがベッドの端に掛けてじっとこちらを見ていた。

「で、ここからはプライベートな話なんだが」

「……今？」

「ああ、大事な話は時間を置かないほうがいいからな」

確かに、その通りかもしれない。あまり気が乗らなかったが、雨音は上半身を起こしてベッドの上に胡座《あぐら》をかいた。

「最初に謝らないといけないんだが、ゴムが破れた」

「……えっ？」

コンドームが破れた——ということは、体の奥に感じた熱い飛沫はワイアットが放ったものだったのか。中に射精されたと知って、かあっと頬が熱くなる。

「きみが心配しているようなことは何もない。ぶっちゃけると最後にセックスしたのは一年以上前だし検査も受けている」

「……わかった。僕も性交渉は初めてだから、病気の心配はしなくて大丈夫だよ」

生々しい会話に複雑な気分になり、現実とロマンス小説の違いを実感する。

「確認しておきたいんだが、これで俺たちは晴れて恋人同士になった、という認識でいいんだよな？」

生々しさから一転、ワイアットの口から飛び出した恋人同士という甘い言葉に、雨音はぎょっとして目を見開いた。

「え？　ちょっと待って。僕の認識では、お試し期間がスタートしたって感じなんだけど」

「ええっ？　そうなのか？」

ワイアットも心底驚いたように目を見開く。

「そうだよ。だって僕たち、まだデートもしたことないし」

「じゃあさっきのセックスはイレギュラー扱い？」

「例外中の例外。あれは……媚薬のせいだし」

気恥ずかしさが込み上げてきて、ぷいとそっぽを向く。

今更何を悩むのかと自分でも思うが、今ここですんなり認めるのは雨音の性格的に無理だ。

「わかった。お試し期間スタートだな。じゃあさっそくだけど、仕事が終わったら寄っていいかな。一緒に飯食おう」

ワイアットの申し出に、少し間を置いてから雨音は口を開いた。

「いいけど、ご飯だけだからね」

にやりと笑ってワイアットが立ち上がる。

「じゃ、行ってくるよ」

「……っ」

雨音の頬に素早くキスをして、〝お試し期間〟の恋人は軽やかに寝室をあとにした。

事件現場はロマンスに満ちている

1

穏やかな日差しが降り注ぐ、水曜日の午後一時。

ロサンゼルスの人気エリア、シルバーレイクのイタリアンレストランで、藤村雨音《ふじむらあまね》はなんともいえない居心地の悪さを味わっていた。

店に問題があるわけではない。白とダークブラウンを基調にした店内はすっきりと清潔感があり、席に案内してくれたウェイトレスも感じが良く、前菜のプレートは見た目も味も申し分なかった。

雨音を落ち着かない気分にさせているのは、向かいの席に座っている男――ワイアット・ケンプだ。

一週間前、雨音はワイアットと恋人同士になった。正確には〝お試し期間中〟であって、まだつき合うと決まったわけではないのだが。

「このラザニア、すごく美味《うま》いな。普段食べてるラザニアと何が違うんだ？」

ナポリ風のラザニアを食べながら、ワイアットが不思議そうに呟《つぶや》く。

「ベシャメルソースの代わりにリコッタチーズを使って、ミートボールやサラミ、ゆで卵が入ってるのが特徴なんだって」

「へえ、初めて食べたよ。きみは？」

「僕も初めて。レシピ見たら作るの面倒くさそうで、一度お店で食べてみたいなと思って」

ラザニアに視線を固定しつつ、淡々と答える。

この店を希望したのは雨音だ。ワイアットからランチに誘われ、どこか行きたい店はあるかと訊《き》かれて即答した。

ネットの記事で見かけて気になっていたものの、どう見てもデート向きだったので行くのをためらっていた店。カフェやダイナーより特別感があり、高級店ほど堅苦しくない。初デートにちょうどいい感じで、ここを選んだのは大正解だった。

なのに、せっかくの美味《おい》しい料理を味わうどころではなくて……。

（だめだ、ワイアットの顔見れない！）

心の中で、雨音は頭を抱えてじたばたと暴れた。

何度も電話で話してはいたものの、恋人お試し期間がスタートしてから顔を合わせるのは今日が初めてだ。つまり、あれ以来――思いがけない初セックスからの初顔合わせということになる。

（あの晩仕事帰りに寄ってくれたから、正確にはあの日以来ってことになるけど）

しかしあの日の自分は普通ではなかった。暴漢に押し入られ、媚薬《びやく》を強要され、恐怖と怒りと薬の作用で完全に我を失っていた。

アパートのドアの修理が終わって業者が帰ると、それまでどうにか保っていた意識が薄れてベッドに倒れ込んだ。仕事帰りのワイアットが訪ねてきて、ドアを開けたのは覚えている。けれど夢と現実の境目があやふやな状態で、何を話したのかよく覚えていない。

翌朝目覚めると、ダイニングテーブルに置き手紙があった。

『眠そうだったから帰るよ。鍵は郵便受けに入れておく。冷蔵庫に寿司があるからよかったら食べて。また電話する』

躍るようなワイアットの筆跡、空腹のせいかやたら美味しく感じたカリフォルニアロール、冷蔵庫にはカットフルーツのパックも入っており、ワイアットの気遣いに感激し……。

けれどシャワーを浴びて完全に覚醒したとたん、猛烈な羞恥心に襲われた。

薬のせいとはいえ、まだつき合うと決めたわけではない男とセックスしてしまった。しかも、自分から誘うような形で。

快楽を貪る姿は、ワイアットの記憶に刻まれてしまったに違いない。

かねてから思っていたのだが、性交中のあれこれというのは他人にいちばん見せたくない姿ではないだろうか。破廉恥で無防備で、取り繕いようのない醜態。世の中の人々は、いったいどうやってこの言いようのない恥ずかしさを乗り越えているのだろう。

（交尾後にメスがオスを殺す昆虫がいるらしいけど、今ならわかる気がする。僕の痴態を目の当たりにした奴《やつ》は、永遠に葬り去るしか……！）

フォークを握った手に力が入り、無意識に奥歯を噛《か》みしめてしまう。歯ぎしりしそうになったところではっと我に返り、雨音は急いでグラスの水を呷《あお》った。

おかしなことを考えてしまった。そこまで思い詰めなくても、今は燃え盛っている羞恥心もいずれ鎮火する。頭ではそう理解しているし、できればワイアットとの関係も前向きに進めていきたいと思っているのに。

（だけど、正気のときに会うのってちょっとまだ無理だったかも……っ）

アパートにワイアットが迎えに来てくれたときから、体のあちこちがおかしい。顔が火照ったかと思えば急に指先が冷たくなったり、息苦しいのになぜか息を止めていたり。

眼鏡を直すふりをして、ちらりとワイアットを窺《うかが》う。榛色《はしばみいろ》の瞳と視線がぶつかりそうになって、慌てて雨音は宙を見上げた。

『急で悪いが、明日休みが取れることになったんだ。よかったらランチでも』

昨夜ワイアットから電話をもらったとき、なぜ承諾してしまったのだろう。もう少し時間を置いてから会うべきだった。

だけど、会えるのを心のどこかで楽しみにしていたのも事実。

会いたくなかった。だが会えて嬉《うれ》しくないわけではない。

相反する感情に頭も心も混乱し、今にも爆発しそうで――。

「アパート探しはどうだ？　いい物件は見つかった？」

ラザニアを食べ終えたワイアットが、思い出したように口にする。

刑事である彼が、雨音の挙動不審な態度に気づいていないはずはない。けれどそれを指摘したり茶化したりしないのが、ワイアットのいいところだ。

「いくつか候補があるけど、どれもイマイチ。焦って変なところに決めたくないし」

呼吸を整えてから、雨音は平静を装って答えた。声が震えず不自然にならなかったことで、少し落ち着きを取り戻せた気がする。

「脅かすわけじゃないが、早めに決めて引っ越したほうがいい。メビウスは前科がないから殺人未遂その他の罪を合わせても刑期はおそらく五年程度で、収監されるのは比較的警備の軽い刑務所だろう。きみも知っての通り、ストーカーは恨みを持ち続けて復讐《ふくしゅう》する可能性が高い。刑務所内から誰かに依頼するケースもある」

ワイアットの言葉に、雨音はごくりと唾を飲み込んだ。

もちろんその件については重々承知している。けれど事件が解決してまずは安堵感《あんどかん》に浸りたかったし、メビウスのことなど考えたくなくて目をそらしていた。

「うん……僕も今月中には決めたいと思ってる」

ぼそっと答え、皿に残っていたラザニアを口に運ぶ。ウェイトレスが皿を下げに来て、再び会話が途絶えた。

(ああもう、初めてのデートなのに、なんでこうなるんだよ⁉)

緊張でガチガチになっている自分が歯がゆくて苛立《いらだ》たしい。ワイアットだって、目を合わせようともしない相手と過ごすのは苦痛だろう。

まったく、現実はどうしてこう、自分の理想通りにいかないのか。自分が書いているロマンス小説の内気なヒロインのほうが、よっぽどうまく対処できている。

しばしの沈黙ののち、コーヒーが来たタイミングでワイアットが口を開いた。

「このあと、どこか行きたいところは？　物件の下見、つき合うぞ」

カップを持ったまま、雨音は固まった。

頭の中で、この気まずい居心地の悪さから一刻も早く逃れたい、もう少し一緒にいたいという相反する感情が激しくせめぎ合う。

(どうする？　どうしたらいい？)

目をつけた物件は明日内覧することになっている。日時を変更してもらえるかもしれないが、あのおしゃべりな担当者にワイアットとの関係をあれこれ詮索されるのはごめんだ。

ふたりだけで過ごせて、だけどふたりきりにならない場所。高速で頭を回転させ、雨音は顔を上げた。

「買い物につき合ってもらえるとありがたいんだけど」

黒いSUVが、幹線道路を駆け抜けてゆく。

ワイアットが運転する車の助手席で、雨音はずっと気になっていたことを訊こうか訊くまいか葛藤《かっとう》していた。

(今日訊かなかったら、次に会うまでずっと悶々《もんもん》としそう)

嫌なことはさっさと済ませたほうがいい。意を決し、「あのさ」と切り出す。

「僕のこと調査したって言ったよね。僕が何を書いてるのか知ってるの?」

雨音の質問に、ワイアットがサングラス越しにちらりと視線を寄越した。

「いや、調べたのは出身地や家族構成、犯罪歴の有無だけだ。強盗の共犯が疑われる場合は経済状況も調査するが、きみが共犯者じゃないのは明白だったから」

「ふうん……」

ロマンス小説を書いていることがばれてなくて、ひとまずほっとする。

「俺としては何を書いてるのか訊きたいところだが、訊かれたくなさそうだな」

「まあね」

「お試し期間が終わって正式につき合うことになったら教えてもらえる?」

「……うん」

窓の外に視線を向け、雨音は歯切れ悪く返事をした。

女装癖を知ってもワイアットは引かなかったが、ロマンス小説はどうだろう。

一般的に、ロマンス小説の愛読者は恋愛に夢を見て理想のヒーローと結ばれたがっていると思われがちだ。そうではないといくら説明しても、外野は「はいはい」と薄笑いを浮かべるだけ。

百歩譲って、自分の中にそういう部分がまったくないとは言い切れないかもしれない。だが白馬の王子さまなど信じていないし、第一現実の世界で恋人が欲しいなどと思ったことはなかった。それは確かだ。

ロマンス作家だと打ち明ける際には誤解されないようにその辺をきちんと説明したいのだが、語れば語るほど言い訳がましくなりそうでそれも怖い。

(こうやってぐちゃぐちゃ考え過ぎるところが僕の面倒くささの最たるものじゃない?)

頭の中でこんがらがり始めた思考をいったん隅に追いやる。

だが、雨音はもうひとつ大きな問題を抱えていた。

今書いている話のヒーローはワイアットがモデルだ。書き始めた当初はまさか彼とこういう関係になるとは思ってもいなかったので軽い気持ちでモデルにしてしまったが、どれだけ強く否定しても、あれを読めばワイアットがモデルなのは明らかだろう。

勝手にモデルにしてしまった罪悪感、そして何より、ヒロインに自身の願望を投影していると思われるのではないかという不安。

マデリンとジェイクの物語はあくまでも絵空事だ。雨音の願望など一ミリも反映されてないし、あんなふうにワイアットに恋い焦がれているなどと思われたくない。

(今ならまだ間に合う。ワイアットっぽさを極力減らそう)

けれどあのヒーローからワイアットっぽい部分を取り除いたら、なんの魅力もない男になってしまう。

新たな悩みに葛藤していると、ワイアットが「もうすぐ着く。看板が見えてきた」と前方を指さした。

日系スーパーマーケット、ミツヤ。LAに何軒かある日系スーパーマーケットの中で雨音がいちばん好きな店だ。品揃《しなぞろ》えが豊富で、隣接のフードコートも充実している。

雨音はアメリカ生まれアメリカ育ちで日本で暮らした経験はないのだが、両親は仕事の都合でアメリカに赴任した日本人で、食事に関してはほぼ日本流で育てられた。買い物はすべて日系スーパー、米を主食とするスタイルを貫いていたので、雨音も大いに影響を受けている。

「見かけたことはあったけど、中に入るのは初めてだ」

駐車場に車を停《と》めて降り立ち、ワイアットが外したサングラスを無造作にシャツの胸ポケットに突っ込む。

なんということのないその仕草になぜかどぎまぎし、雨音は店の入り口へ急いだ。

「入るなり別世界だな。アメリカのスーパーと全然違う」

入り口付近に配置された和菓子店や洋菓子店のテナントを、ワイアットが興味津々といった様子で覗《のぞ》き込む。

「日本で有名なお店なんだって。母が、ここに来ると日本の空港やデパートを思い出すって言ってた。贈答用で値段が高いから、たいてい中のお菓子売り場で買ってたけど」

カートを押してまずは野菜コーナーへ向かい、白菜、白葱《しろねぎ》、牛蒡《ごぼう》、椎茸《しいたけ》をかごに入れる。日本の野菜は近所のスーパーにもあるにはあるが、ここのほうが種類が多くて安いのだ。

「見たことない野菜がいっぱいだ」

日本語と英語が併記された売り場を見まわして、ワイアットが楽しげに声を弾ませた。

「僕も全部知ってるわけじゃなくて、食べたことないのもあるよ」

「ちなみに俺は好き嫌いがほとんどない。よっぽど癖の強い味は別だが、一般的な日本料理はどれもいける」

ワイアットのセリフに、雨音は目を瞬《しばたた》かせた。これは「手料理を期待している」というアピールだろうか。

（今日は昼がっつり食べたから、夜は簡単に済ませるつもりだったけど……）

近々すき焼きを作るつもりでカートに入れた野菜を見下ろし、頭をフル回転させる。数秒後、雨音は「時期尚早」と判断した。

外で食事をするのはいいが、家に招待するとなれば心の準備が必要だ。〝家に招待イコールセックスのお誘い〟とは思わないし、ワイアットもそう考えるとは限らないが、今はまだそういう駆け引きや探り合いに振りまわされたくない。

聞こえなかったふりをして、雨音はカートを押して店の奥へ進んだ。

「いつもはバスだから重いもの買わないようにしてるんだけど、車で送ってもらえるなら米も買おう」

言いながら米袋に手を伸ばすと、すかさずワイアットが持ち上げてカートに載せてくれる。カップルの日常ではよくある光景だ。けれどいざ自分が当事者になると、嬉しさと照れくささと動揺をミキサーにかけて奇妙な味になったスムージーを飲まされている気分だった。

「次は調味料。醬油《しょうゆ》とかどこでも売ってるけど、好きなメーカーのはここにしかなくて」

口にしてから、自分のこだわりの強さをわざわざ強調する必要はなかったと後悔する。これじゃなきゃだめという偏執ぶりは、両親ですら呆《あき》れていたほどなのに。

急ぎ足で調味料のコーナーへ向かい、醬油、めんつゆ、アメリカのものとは全然違う日本のマヨネーズをかごに入れて振り返ると、ワイアットが怪訝《けげん》そうな表情で鰹節《かつおぶし》を眺めていた。

「そういやきみは日本語読めるんだっけ?」

日本語で書かれたPOPを指さしながら、ワイアットが尋ねる。

「一応ね。十二歳程度の語彙力だし、漢字は苦手なんだけど」

家での会話は日本語だったし、両親はいずれ帰国することを想定して雨音を週末の日本語補習校へ通わせていた。けれど中学生になった辺りで本来の勉強のほうが忙しくなり、補習校から足が遠のいてしまった。

「ちなみに俺は十八歳程度のスペイン語能力がある。思春期にありがちな〝学校の勉強がなんの役に立つ？〟病にかかってたとき、父親に言われたんだ。そう思うなら、おまえが人生に必要だと思うことを何かひとつでも極めろって。じゃあ何か外国語を習得しようと思って、当時スペインのサッカーチームのファンだったからスペイン語を学ぶことにした」

ワイアットにもそういう時代があったとは、少々意外だった。アメフト部の花形選手だったと聞いているので、悩みとは無縁の華々しい青春時代を送っていたのだろうと思い込んでいた。

「英語以外に話せる言語があるってのはいいよね。特にスペイン語は、アメリカ国内でも話者数が多いし」

「ああ、仕事でも役に立ってるよ。犯罪現場で耳にするのはほとんど罵詈雑言《ばりぞうごん》だけどな」

ワイアットの軽口にくすりと笑いつつ、以前警察署の前で暴れる大男を取り押さえていた場面が頭をよぎる。意味がわかってもわからなくても、大声で怒鳴り散らされたらそれだけで気が滅入りそうだ。

「……大変な仕事だよね」

ぼそっと呟くと、ワイアットが軽く肩をすくめた。

「この仕事はある程度鈍感にならないとやってられない。繊細な心の機微とかデリカシーとか、きみから見たら欠落してると思うだろうが」

「そう思ってたら、たとえお試しだろうとつき合わないから」

思わず強い口調で遮ってしまい、はっとする。

(今のってなんか、ものすごくワイアットが好き、みたいなニュアンスになっちゃった?)

かあっと頬が熱くなった気がして、くるりと背を向ける。

ほんの少し前まで、ワイアットのことをデリカシーのないがさつな人間だと思っていたのは事実だ。けれどそうではないことを、今はちゃんと理解している。

そう弁明したいのだが、言い訳すればするほど墓穴を掘る気がして雨音は唇を引き結んだ。

「そうだ肉! 肉買わなきゃ」

思い出したように言って、カートを押す。

「これこれ。普通のスーパーは薄切りの肉って置いてなくてさ。スライスしてくれるところもあるけど、薄さがいまいちなんだよね」

すき焼きやしゃぶしゃぶ用はもちろんのこと、野菜炒《いた》めや生姜《しょうが》焼きなど幅広く使えるロース薄切りや豚バラは欠かせない。他にもミルフィーユとんかつ、白菜と豚肉の重ね蒸しなどなど、塊の肉が苦手な雨音にとって薄いスライスはなくてはならない必需品だ。

「これって牛丼に使ってるやつだな」

「牛丼知ってるの?」

「ああ。署の近くにヨシダヤっていうチェーン店があって、ちょくちょく利用してる。牛丼もいいけど、照り焼きチキンが載ってるやつが美味いんだ。うちの部署でも人気だよ」

「僕もヨシダヤ好きなんだけど、近くにないんだよね」

「じゃあ今度仕事できみが署に来たときに一緒に行こう」

「………」

さらっと言ってるが、職場でふたりの関係がばれるのはまずいのではなかろうか。

(僕の考えすぎ？　一緒に食事に行くくらいで勘ぐる人はいないか)

けれど返事は保留にして、雨音は豆腐と白滝をかごに入れてレジへ向かった。

「きみは本格的な自炊派なんだな」

レジの列に並び、ワイアットがかごの中を見下ろして呟く。

「毎日作ってるわけじゃないよ。面倒くさいときは冷凍食品やインスタントで済ますし。あなたは？」

「俺はほとんどしないが、ルームメイトのひとりが料理好きで、ときどき作ってくれるから助かってる。レパートリーはチキンスープとツナキャセロール、トマトソースのパスタくらいだけど」

「それだけ作れるなら上等じゃん」

早口で返しつつ、雨音は胸の辺りにもやもやした黒雲が広がるのを感じていた。

どうかしている。会ったこともないルームメイトに、何やら対抗心めいた感情を抱くなんて。

（僕だってチキンスープも各種キャセロールも各種パスタも作れるし）

――違う。料理の腕を競いたいのではなく、ワイアットに手料理を振る舞っている人物がいることに、ちょっとばかり動揺しているだけだ。

まだ正式につき合ってもいないのに、こんな些細《ささい》なことで嫉妬するなんて馬鹿げている。

「あ、納豆忘れてた。すぐ戻るから並んどいて」

納豆はまだ冷凍庫にストックがあるのだが、このおかしな感情を振り払いたくて、雨音はくるりとワイアットに背を向けた。

黒いSUVがアパートの前に停車する。シートベルトを外して、雨音はワイアットのほうへ振り向いた。

「今日はありがと。買い物までつき合ってくれて」

「いや、初めて見るものが多くて楽しかったよ」

ワイアットもシートベルトを外して車を降りようとしたので、慌てて雨音は「ここでいいよ」とストップをかけた。

「心配だから部屋まで送る。荷物もひとりじゃ一回で運べないだろう?」

「……じゃあお願い」

雨音としても、事件があったばかりの部屋にひとりで帰るのは少し怖い。ワイアットが一緒ならこの上なく心強くてありがたいのだが、同時に部屋に招き入れるか否かの問題が悩ましいところだ。

ワイアットは軽々と米袋を担ぎ上げ、調味料の入った重いバッグも持ってくれた。

五階の部屋の前にたどり着き、バッグの鍵を探す。この期に及んで、雨音はまだ「お茶でも飲んでいく?」と口にするのをためらっていた。

「心配しなくても、取って食ったりしない」

ワイアットの笑いを含んだ声に、ちらりと振り返る。

「わかってる」

唇を尖《とが》らせつつ、雨音は内心ほっと胸を撫《な》で下ろした。びくびくしながら顔色を窺うより、冗談めかしてでもそう言ってくれたほうが気が楽になる。

ドアを開けて中に入ると、雨音はさっそく「コーヒーか紅茶、どう?」と尋ねた。

「ああ、もらうよ」

「コーヒーと紅茶、どっち?」

重ねて尋ねると、米袋をキッチンの隅に置いてワイアットが肩をすくめる。

「どっちでも、きみが飲みたいほうでいい」

「お試し期間だから遠慮してるの?」

「違う。俺はあんまりこだわりがないから本当にどっちでもいいんだ」

食材を冷蔵庫にしまってから、雨音はすうっと息を吸った。

「僕は言外のニュアンスを察するのが苦手だから、どっちでもいいって言われるとすごく困る。どっちでもいいって言ってるけど本当はコーヒーがよかったんじゃないかとか、あれこれ考えるのが嫌なんだ。こういうのははっきり言ってほしい」

早口でまくし立てると、ワイアットが面食らったように目を瞬かせた。

「わかった。紅茶がいい。ミルクなしのストレートで」

「セイロン、ダージリン、アールグレイ」

「セイロン。なんか専門店みたいだな」

「そうでもない。どれもティーバッグだから」

ワイアットに背を向け、電気ケトルに水を入れる。

我ながら鬱陶しい性格だと思うが、言いたいことを吐き出したせいか少し気持ちが落ち着いていた。レストランでは緊張で爆発しそうだったことを考えると、かなりましな状態と言っていいだろう。

このまま、隣の寝室でワイアットと結ばれたことを意識しなければ、の話だが。

(いやだから、余計なこと思い出すなって!)

自分に突っ込みを入れ、キッチンの棚を開けてセイロンとアールグレイのティーバッグを取り出す。マグカップに湯を注いで、雨音は雑念を追い払うべくしばし目を閉じた。

（大丈夫、今日はここまでかなりうまくやれてる）

羞恥のあまり叫び出すこともなかったし、ワイアットに当たり散らしたりもしなかった。

ワイアットが雨音のペースに合わせてくれようとしている点にも感謝しなくてはならない。

（僕も自分のやり方を押し通すだけじゃなく、つき合うとなればいろいろ譲歩しないと）

決意とともに目を開き、マグカップをダイニングテーブルに運ぶ。

ワイアットの向かいに座って、雨音はしばし紅茶を飲むことに集中することにした。

（昨日作ったブラウニー、食べるか訊いてみる？）

だけど初めてのレシピで出来がいまいちだったし……などと考えていると、ワイアットが

「引っ越しの準備してるのか？」と呟いた。

部屋の隅に積み上げたダンボール箱に目を向け、頷《うなず》く。

「うん。今すぐ使わないものは梱包《こんぽう》しておこうと思って」

紅茶をひとくち飲んで、ワイアットがどことなく居心地悪そうに身じろぎした。

「ずっと考えてたんだが」

そう言ったきり、黙り込む。どうしたのかと顔を上げると、榛色の瞳がじっとこちらを見つめていた。

「俺とルームシェアしないか？」

「…………えっ⁉」

思わず素っ頓狂な声が出てしまう。

あまりにも思いがけない提案に、せっかく落ち着いていた気持ちがミキサーにかけられて粉々になってしまった。

「同棲《どうせい》じゃなくて単なるルームシェアだ。もちろん寝室は別々で」

「無理」

ワイアットの言葉を遮って、雨音は即答した。

自分はまだワイアットに隠していることがある。ロマンス小説を書いていること、しかも新作はワイアットをモデルに書いていること。いずれ打ち明ける日が来るかもしれないが、今はまだその段階ではない。

「……一応最後まで言わせてもらうが、プライベートには干渉しないから気楽に考えてくれればいい」

「絶対無理」

強い口調で否定してから、雨音は良心がちくりと痛むのを感じた。

ワイアットが同居を持ちかけてきたのは、下心からではない。あんな事件があったから、心配してくれているのだ。

けれどどう考えても同居は無理で、どう言えば理解してもらえるか、悩みながら口を開く。

「何度も言ってるように、僕はすごく面倒くさい性格なんだ。縄張り意識が強いし、ひとりの時間と空間も必要だし」

「その辺は事前にルールを決めて……おっと、電話だ」

ポケットからスマホを取り出し、ワイアットが顔をしかめる。

「仕事の電話だから出ないと。失礼」

短く言葉を交わしたあと、ワイアットは「わかった。すぐ行く」と言って通話を切った。

「すまない、仕事の呼び出しだ」

言いながら立ち上がり、カップに残っていた紅茶を豪快に飲み干す。

刑事という職業は、有休を取っても何かあれば呼び出されるものらしい。

「今日はどうもありがと」

玄関のドアへ向かう後ろ姿に声をかけると、振り返ったワイアットが口元に笑みを浮かべた。

「また電話する。戸締まりを忘れるなよ」

ドアが閉まり、雨音は茫然《ぼうぜん》と固まった。

(ちょっと待って。まさか今、ウインクした？)

やけに魅力的な笑顔が強烈な残像となって目の前にちらつき、慌てて頭を左右に振る。

アメリカで暮らしているとウインクなんて珍しくもないし、雨音も小説の中でヒーローにたびたびウインクさせている。けれどワイアットのそれは、面食らうほど威力があった。

きっと不意打ちだったせいだろう。二回目以降はこんなに動揺しないはず。それよりも今はまず、ルームシェアを持ちかけられた件から処理しなくては。

「いや、まずは戸締まり！」

玄関のドアへ急ぎ、施錠してチェーンを掛ける。ダイニングテーブルに戻って紅茶の残りを飲んでいると、今度は雨音のスマホが着信音を響かせた。

ワイアットかと思い、急いでバッグの中からスマホを取り出す。けれど電話はフィオナ――ワイアットの義妹で雨音の唯一の親友からだった。

『雨音？　今ちょっといい？』

「いいよ。どうしたの？」

『引っ越し先は見つかった？　もしまだなら、うちのアパートに近々空きが出るんだけど』

「ほんとに？　何階？」

フィオナが住んでいるアパートは、ダウンタウンに近くて生活するのに何かと便利だ。徒歩圏に日系の食料品店もあり、治安も悪くない。

『四階で、間取りは私の部屋とほぼ同じ。住人とは知り合いでさ、まだ居住中なんだけど部屋を見せてくれるって』

「ぜひお願い。いつでも、そっちの都合に合わせるよ」

『明後日《あさって》の午後五時は？』

「明後日の五時、了解。よろしく」

電話を切って、雨音はよし、と拳を握った。

最高の物件というわけではないが、これまで見てきた物件に比べたら断然いい。フィオナの部屋を何度も訪ねているので、周囲の環境や設備なども把握できている。

何より、親友が同じアパートに住んでいるというのは心強い。フィオナは雨音の性格をよく知っているから干渉してくることはないし、互いにほどよい距離感を保ちつつ暮らせるだろう。

「よし、クローゼットの服も荷造り始めよう」

まだ決まったわけではないが、決まったらすぐに動けるように準備しておきたい。

さっそく頭の中で家具の配置を考えながら、雨音は荷造りに取りかかった。

2

翌々日の午後四時三十五分。

バス停に降り立った雨音は、大音量で音楽を鳴らして走る車に顔をしかめた。

(この時間はやっぱり交通量が多いな。朝夕はちょっとうるさいかも)

フィオナのアパートには何度も来ているのだが、実際に住むかもしれないと思うとチェックが厳しくなる。大通り沿いに立ち並ぶ店に目を配りつつ脇道に入り、しばらく歩くと目的のビルが見えてきた。

一階がヴィンテージ古着屋、二階から六階までが住居、外観は古くてぱっとしないが、天井が高くて窓が大きい点はポイントが高い。

(四階か……できれば最上階がいいんだけど)

上の階の住人が静かな人ならいいが、そうでなかった場合はダメージが大きい。部屋を見せてもらう際に、その点もしっかり確認しなくては。

そんなことを考えつつビルの前に立って見上げていると、ふいに誰かの怒鳴り声が聞こえてぎくりとした。

弾《はじ》かれたように周囲を見まわすが、声の主は見当たらない。聞き間違いだったのだろうかと安堵しかけたところで、再び男性が声を荒らげているのがはっきりと聞こえてきた。

「自分のしたことがわかってんのか？　ただじゃおかねえからな！」

怒鳴り声の発生源は、一階の古着屋だった。開け放った扉から、レジカウンターの前に立ちはだかった大柄な男が店主に向かって喚《わめ》いている様子が見える。

「だから誤解だって言ってるだろ！　俺は知らないし何もやってない！」

何度か見かけたことのある店主——四十歳くらいの遊び人風の男が、負けず劣らず強気に言い返す。口調からして、喧嘩《けんか》の相手は客ではなく個人的な知り合いだろう。

ふたりは声を抑えながらも言い合いを続けていた。何を話しているかは不明だが、ひどく険悪な空気であることは確かだ。

（これって通報したほうがいい？）

ポケットからスマホを出して握り締めるが、互いに手を出すことなく口論しているだけなので、通報はかえって事を荒立ててしまうかもしれない。

関わらないのがいちばんだ。そう考えてアパートのエントランスへ向かおうとしたそのとき。

「しらばっくれるな！　この件はきっちり落とし前つけてもらうからな！」

Fワードてんこ盛りの捨て台詞《ぜりふ》とともに、全身に怒気を漲《みなぎ》らせた男が古着屋からのしのしと出てくる。慌てて背中を向けるが、その前に男と目が合ってしまった。

（うわ、まずい……っ）

急いで雨音はエントランスのインターフォンを鳴らした。

それよりも、さっさとこの場を立ち去ったほうがよかったかもしれない。どうか男に絡まれませんようにと祈るような気持ちでフィオナの応答を待つ。

幸い男は雨音に注意を払うことなく、アパートの前に停めた車に乗り込んだ。

『はーい、今開けるよー』

フィオナがロックを解除してくれたと同時に、男が乗った車が急発進する。

正直、今の一件でここに住みたい気持ちはほぼなくなった。だが約束は守らねばならないし、他にいい物件がなかった場合の保険としてリストに残しておいたほうがいいだろう。

三階にたどり着くと、フィオナがドアを開けて待ち構えていた。

「いらっしゃい。ちょうどコーヒー淹《い》れるところなんだけど、飲む？」

「うん、いただきます」

部屋に足を踏み入れると、パソコンでゲームをしていたチャズ――フィオナの彼氏が「よお、久しぶり」と手を上げた。

「チャズ、来てたんだ」

チャズは明るくフレンドリーな青年だが、雨音が苦手とするお調子者タイプでもある。

年齢は確か二十五歳、職業はタトゥアーティスト。マリファナ愛好家で、ときどき言ってることが支離滅裂になるので会話はなるべく避けたい相手だ。

雨音とは対照的に、フィオナはチャズと波長が合うらしい。『ストレートの男で、一緒にいてリラックスできる人ってなかなかいないんだよ』と言っていたが、チャズの緩さに苛々させられることが多い自分に彼の良さは理解できそうにない。

気持ちが顔に出てしまったらしく、チャズが「俺も会えて嬉しいよ」とけたけた笑った。

「フィオナから聞いたよ。なんか大変だったんだってな」

「そう、大変だった。二度とあんな目に遭いたくない」

バッグを肩から下ろし、コーヒーメーカーの前で腕組みしているフィオナに歩み寄る。

「今さっき一階の古着屋で店主とガラの悪い男が喧嘩してたんだけど、よくあること？」

「マジで？　喧嘩って取っ組み合いの喧嘩？」

「僕が見た限り口論だけで、手は出てないと思う。なんか言い争ってて、男は悪態つきながら帰ってった」

「これまでそういうトラブルはなかったと思うんだけど。ねえ、チャズって一階の古着屋よく覗いてるよね？　店主が誰かと喧嘩してたの見たことある？」

「いや、見たことないなあ」

モニターに視線を向けたまま、チャズが生返事をする。マグカップにコーヒーを注《そそ》ぎながら、フィオナが眉間に皺《しわ》を寄せた。

「あの店、開けたり開けなかったり適当だし、繁盛してるようには見えないんだけど、なぜか潰れないんだよね。古着屋は隠れ蓑《みの》で、何か裏稼業があるんじゃないかって思うくらい」

「僕の地元の冴《さ》えない雑貨店がまさにそれだったよ。店主は免許証やパスポートの偽造が本業で、雑貨店は窓口代わりに営業してたんだ」

雨音が口にしたところで、チャズが「うああ」と呻《うめ》いて立ち上がった。どうやら対戦ゲームで敵に負かされたらしい。

「で？　一階の古着屋でなんかトラブってたって？」

「通報するほどではなかったけどね。店主ってどんな人？」

ここに住むことになるなら知っておきたい。店の常連だというチャズに尋ねると、チャズが軽く肩をすくめた。

「ひと言で言うならサーファー崩れ。ウィンドウにサーフボードが飾ってあるだろ。なんかの大会で優勝したときのボードだって自慢話を聞かされた。店名の〈９０２６５〉はマリブの郵便番号だし、過去の栄光に浸ってるおっさんだね」

容赦ないコメントだが、雨音も初めて店主を見かけた際、似たような印象を抱いた。日焼けしすぎの肌にブロンドのロングヘア、体型をキープしているのは立派だが、若作りに必死な痛々しさも漂わせていた。

「だけど女性にはもてるよね。若い女の子といちゃついてるの、何度か見かけた」

フィオナの言葉に、チャズが「ああいう胡散臭《うさんくさ》い中年って、なぜか一定の需要があるんだよな」と頷く。

「けどまあ、悪い奴じゃないと思う。ヴィンテージものを扱う古着屋なのに値段の付け方がいい加減で、ときどきびっくりするような掘り出し物があってさ」

値段の付け方がいい加減なことがどうして「悪い奴じゃない」になるのか雨音には理解できなかったが、チャズ的にはお買い得だったイコール店主はいい人、という図式なのだろうか。

チャズと話していると頭が混乱するし、自分の感覚がおかしいのかと不安になってしまう。

フィオナは〝ちょっと子供っぽいけど一緒にいて楽しい〟と言うが、雨音は彼と話すたびにどっと疲れるというのが本音だ。

「なあ、こないだの話、考えてくれた？」

「タトゥ入れさせろって話？　何度訊かれてもお断り」

素っ気なく答えると、チャズがまたけたけたと笑った。

「つれないなあ。でもいつか気が変わるかもしれないじゃん？　そんときはすぐに教えて。こんな彫り甲斐《がい》のありそうな肌、滅多にお目にかかれないからね」

雨音の腕にねっとりと視線を這《は》わせ、チャズが舌なめずりする。

初対面の第一声が『うわ、最高の肌じゃん。ただでいいから彫らせて』だったチャズは、筋金入りの肌フェチだ。

雨音も自分の肌の美しさは理解しているし、美肌を維持するための努力もしている。美容オタクの自分と肌フェチのチャズは、端《はた》から見れば近しいように見えるのかもしれない。けれど両者の間には、決して埋められない深い溝があるのだ。

「五時になったし、そろそろ訪問してもいいかな」

「あ、もうそんな時間？」

さっさと終わらせて、暗くなる前に帰りたい。コーヒーを飲み干して、雨音はせかせかと玄関へ向かった。


窓の外に視線を向け、マデリンはため息をひとつ漏らした。

朝からずっとこの調子だ。気持ちがそわそわと落ち着かず、注意力が散漫になっている。

原因はジェイク——榛色の瞳を持つ、魅惑的な刑事。昨夜思いがけず彼と結ばれてから、マデリンの中で甘美な余韻と苦い後悔が入り乱れている。

彼を家に招き入れたのは、事件に関係あるかもしれない話をするためで、決してそんなつもりじゃなかった。なのに、目が合った瞬間ふたりの間に急激な変化が訪れ——。

昨夜のこと、ジェイクはどう思っているのだろう。

一夜の過ち？　それとも、ふたりの関係の始まり？

ああ、どうしてきちんと段階を踏まなかったのだろう。恋愛については、いつだって慎重にやってきたのに。

「……っ！」

スマホの着信音が、原稿に集中していた雨音を現実に引き戻す。

書きかけの原稿を保存してスマホを摑《つか》むと、電話はワイアットからだった。

画面に浮かんだワイアットの名前に、心臓がどくんと跳ね上がる。ワイアットのことを思い浮かべながら書いていたので、決まり悪さと罪悪感、その他諸々《もろもろ》で体温が急上昇した。

「——はい」

努めて平静に応答する。

『俺だ。今日フィオナのアパートの内覧に行ったんだろう？　どうだった？』

「部屋は悪くなかったんだけど、周囲の環境がちょっと。一階が店舗っていうのがネックかなと思って」

『そうか。きみは家で仕事するから環境は大事だよな』

「そういうこと。あなたは？　事件は終わったの？」

一昨日《おととい》呼び出しを食らったワイアットは、張り込みに駆り出されたらしい。詳細は聞いていないが、今日の午後、ＬＡＰＤが派手なカーチェイスの末に強盗殺人の容疑者を逮捕したというニュースを目にしたので、おそらくその件だったのだろう。

『ああ、一応ね』

ワイアットの返答を最後に、会話が途切れてしまう。

話の接《つ》ぎ穂《ほ》を失って、雨音はスマホを持ったまま固まった。

(次にいつ会えるか訊いてみる？　でもワイアットだって忙しいだろうし)

頭の中でぐるぐる考えていると、電話の向こうでワイアットが『あー……』と間延びした声を上げた。

『こないだ会ったとき訊こうと思ってたんだが』

「何？」

『その、お試し期間ってのは、キスはしてもいいのか？』

「…………えっ？」

思いがけない質問に、声が上擦ってしまう。

『何度も言ってるように無理強いする気はない。きみのペースに合わせる。だが、俺の考えも伝えておきたい。一昨日はきみと一緒に過ごせて楽しかった。ただし、俺はかなり努力して自分を抑えていた』

「それは……僕に合わせて無理してたってこと？」

『無理じゃなくて自制だ。取って食ったりしないと言ったが、キスは取って食ううちに入るのか入らないのか、きみの考えを訊こうとしたところで署から呼び出しが来て』

「ちょっと待って」

耳から流れ込む情報を脳が処理しきれなくて、雨音はストップをかけた。

言葉の意味は理解できている。けれど、一昨日のデートの最中にワイアットがそのようなことを考えていたと知って、思考が完全に停止してしまった。

(待って待って……自分を抑えてたって言ったよね？　それってつまり、僕にキスしたいと思ってたってこと？)

顔が熱くなると同時に、ワイアットの唇の感触が生々しくよみがえる。

お試し期間にセックスは有りか無しか、それについては散々考えた。だが、キスのことはすっぽり頭から抜け落ちていた。

まったく、ロマンス作家にあるまじき失態だ。自分がいかに現実の恋愛に疎いか思い知らされ、唇を嚙みしめる。

『雨音？　大丈夫か？』

「大丈夫。ちゃんと聞いてる」

大きく肩で息をしてから、雨音は腹をくくることにした。

一度は経験しているのだから恐れることはない。ここで躊躇《ちゅうちょ》していたら、自分は一生恋愛と無縁で過ごすことになる。

「そういうのも含めて、可能かどうか検討するためのお試し期間だから」

『つまり、ＯＫってことだな？』

「そういうこと」

『確認できてよかった。じゃあまた近々デートしよう。おやすみ』

「うん……おやすみ」

通話が切れてからも、雨音はスマホを耳に当てたまましばらく動けなかった。

耳に残っているワイアットの声が、血管を通して体の隅々まで広がっていく。頭の中では思考が猛烈な勢いで渦巻き、やがてひとつの結論にたどり着いた。

ワイアットのことが好きだ。勇気を出して一歩踏み出さないと、自分はきっと後悔する。

急いでスマホを操作し、雨音はワイアットに電話をかけた。

『雨音？　どうした？』

「あのさ、今度の週末うちに泊まってみない？　同居は無理だけど、お互いの部屋に泊まったりとかそういうのが可能かどうか試したいから」

ワイアットの言葉を遮るように、早口で一気にまくし立てる。

電話の向こうで、ワイアットが小さく笑う気配がした。耳元に息を吹きかけられたような錯覚に思わず首をすくめたところで、低くなめらかな声が『喜んで』と囁《ささや》く。

「じゃ、そういうことで。詳細はまた近くなってから」

『了解。楽しみにしてるよ』

「……おやすみ」

『おやすみ』

通話を切り、雨音は詰めていた息を吐き出した。

（よし、誘った、誘ったぞ！）

拳を握りしめて、部屋をぐるぐると歩きまわる。達成感と高揚感、そして体の芯にじわりと官能が兆し始め……。

泊まるよう誘ったが、セックスしようと誘ったわけではない。けれどキスを含めたスキンシップにはOKを出したし、そのつもりでいる。

よろめくようにベッドに倒れ込み、雨音は吐息を漏らした。

ワイアットに抱き締められたときの感触が、ありありとよみがえる。がっちりと逞《たくま》しい腕、厚い胸板、肌が密着したときの体温や感触、そして口腔《こうこう》内をまさぐる熱い舌――。

「……っ！」

脚の間で、ずくりと欲望が疼《うず》く。

ワイアットと電話で話していたときから、こうなるのはわかっていた。週末に備えて、いろいろ準備しておいたほうがいいかもしれない。

（だってほら、いざそういう雰囲気になったときに慌てたくないし！）

スキンシップやキスでいちいちびくびくするのは雨音としても不本意だ。そうならないために、実践的な練習をしておかなくては。

がばっと起き上がり、クローゼットの中の秘密の引き出しを開ける。ローターやディルド、バイブレーターのコレクションから、雨音は新品のディルドを取り出した。

通販で買ったものの、思ったより大きくて躊躇していた品だ。Mサイズだからすごく大きいというわけではないが、Sサイズしか使ったことがない身には脅威に思えてしまい込んでいた。

(今ならきっと入る。ワイアットのあれが入ったんだから……!)

脳裏にワイアットの巨根がちらつき、下着の中でペニスが硬くなる。

熱い吐息を漏らし、雨音はディルドを握りしめた——。

3

「あら、ご機嫌ね。何かいいことがあったの？」

図書館の常連の老婦人に声をかけられ、配架作業をしていたマデリンは振り返った。嫌だわ、私ったら無意識に鼻歌を口ずさんでいたみたい。急いで笑顔を作り、「ええ、今日はお天気がいいですから」と無難に答える。

まだ何か話したそうな老婦人に背を向け、マデリンはブックトラックを押して隣の書架へと移動した。

マデリンの心を弾ませているのは、ジェイクとのデートの約束。

そして頬を熱く火照らせているのは、昨夜の密《ひそ》やかで恥ずかしい予行演習――。

電話の着信音に、夢中でキーボードを叩《たた》いていた雨音はため息をついた。

執筆中は電源をオフにしておきたいが、そうもいかない。出版社か不動産会社からの連絡だろうかとスマホを手に取り、名前を確認してどきりとする。

ワイアットだ。時刻は午後三時、昨日の今日で勤務時間の真っ最中に電話をかけてくるなんて何事だろうと訝《いぶか》しみつつ、通話ボタンをタップする。

「もしもし？」

『俺だ。今いいか？』

ワイアットの声がいつもより硬い。なんとなく嫌な予感がして、雨音は背筋を伸ばした。

「いいよ、何？」

『フィオナのアパートの一階の古着屋で殺人事件があった』

「……えええ⁉」

驚いて、声が上擦ってしまう。いったい誰が殺されたのか、犯人は捕まったのか、訊きたいことが山ほどあるのに言葉が詰まって出てこなかった。

『殺されたのは店主で、第一発見者はチャズだ』

「チャズが？　ちょっと待って、それっていつの話？」

『発見されたのは今朝十一時。死亡推定時刻は昨夜の九時から十一時頃。凶器は見つかっていないが、おそらくアウトドア用の折りたたみナイフ。チャズは昨夜フィオナの部屋に泊まって、今朝帰り際に気になっていた服をもう一度見ようと店に立ち寄ったそうだ』

昨日訪れたばかりの場所で殺人事件があったことに衝撃を受けていると、ワイアットが更なる衝撃的な事実を口にした。

『第一発見者で済めばよかったんだが、チャズは容疑者として逮捕された』

「容疑者⁉　どういうこと⁉」

『〝CLOSE〟の札が出ていたが、ドアに鍵はかかってなかったそうだ。店主に声をかけようと中に入ったら、店主が血まみれで床に倒れていた。すぐに通報すりゃよかったんだが、疑われるかもしれないと思って逃げた。チャズが店を出て行くところを近所の住人が目撃していて、バーで飲んでいるところを逮捕された』

「逃げた？　ああもう、なんでそんな馬鹿なことを」

『警察と関わりたくなかったと言っている』

気持ちはわからなくもない。というのは、チャズは数ヶ月前に乱闘に巻き込まれて逮捕されたことがあるのだ。すぐに釈放されたものの、留置場で過ごした一夜で寿命が十年は縮んだと盛んに愚痴っていた。

「チャズがやったとは思ってないよね？」

『ああ、俺はチャズを個人的に知ってるからな。けど状況は不利だ。チャズの靴底には被害者の血が付いていたし、死亡推定時刻のアリバイも確実ではない。さっきフィオナが駆けつけてひと晩中チャズと一緒にいたと証言したが、チャズは昨夜十時前後に三十分ほどひとりで買い物に出ている』

よりによって死亡推定時刻の時間帯のど真ん中とは。立ち上がって、雨音は部屋をうろうろと歩きまわった。

「アパートのエントランスに防犯カメラがあるよね？　古着屋への出入りも映ってるの？」

『いや、死角で映らない位置なんだ。古着屋の店内のカメラはダミーだった』

「じゃあチャズが犯人だという決定的な証拠もないよね」

『その通り。だがさっきも言ったように不利な立場に立たされている。そこできみに頼みがあるんだが、今から署に来てもらえないかな。昨日店主が誰かと喧嘩しているのを見たんだって？　フィオナはそいつが犯人じゃないかと言っている』

「わかった、すぐ行く」

通話を切って、雨音は急いで支度に取りかかった。服を着替えながら、頭の中で昨日の記憶を反芻《はんすう》する。

古着には興味がないので〈90265〉に足を踏み入れたことはない。店主と言葉を交わしたこともないし、名前も知らない。しかし何度か見かけたことのある人物が殺されたという知らせは、雨音に大きな衝撃をもたらした。

つい最近殺人未遂の現場を目撃してしまった身には、かなり堪《こた》える出来事だ。LAでは殺人事件が頻発しているが、ニュースで見るのと目の当たりにするのとではまったく違う。

しかも今回は、容疑者として逮捕されたのが身近な人物で――。

（あれこれ考えてもどうにもならない。僕が今やるべきなのは、一刻も早く署に行って昨日の男の人相を正確に伝えること！）

スマホでタクシーを手配し、雨音は慌ただしく部屋をあとにした。

「雨音！」

警察署に着き、エントランスから階段へ向かいかけたところで、フィオナの声に呼び止められる。振り返ると、突進してきたフィオナに肩を摑まれた。

「来てくれたのね」

「うん、ワイアットから電話もらって……大丈夫？」

「私は全然平気。だけど、チャズが……っ」

フィオナの表情がくしゃっと歪《ゆが》み、堰《せき》を切ったように涙が溢《あふ》れ出す。

初めて目にした彼女の涙に、雨音は狼狽《うろた》えてあとずさった。

「フィオナ、そこに座ろう」

廊下に置かれたベンチを指すが、フィオナが「ううん、大丈夫」と手の甲で涙を拭う。

「昨日古着屋の店主と喧嘩してた男のこと、覚えてる？」

「うん、覚えてる。人相とか、できるだけ詳しく伝えるよ」

「お願い。チャズは絶対やってない。真犯人を捜す手伝いがしたいけど、私はチャズの関係者ってことで捜査から閉め出されてる。ワイアットとも会わせてもらえなくて」

「捜査は警察に任せるしかないよ。やってないなら何も心配することないし」

「やってないよ！　だけど私がいくらそう言っても誰も聞いてくれない！」

フィオナが声を荒らげ、通りすがりの警察官が訝しげに振り返る。雨音としても、日頃はクールなフィオナがチャズのことでこれほど感情を爆発させるのは意外だった。

フィオナとチャズは友達の延長のようなカップルだ。それほど真剣なつき合いではないように見えたのだが、雨音が勝手にそう思っていただけなのかもしれない。

なんと言葉をかければいいのかわからず立ち尽くしていると、誰かが階段を一段飛ばしに駆け下りてきた。

「ワイアット！」

雨音の肩越しに、フィオナが異母兄に声をかける。

「ここで何をしてるんだ。帰るように言われただろう」

大股で近づいてきたワイアットが、そう言って顔をしかめた。

「わかってる。今帰ろうとしてたとこ。雨音、終わったら電話して」

「了解。気をつけて」

フィオナが立ち去ってふたりきりになると、ワイアットが小さな吐息とともに前髪をかき上げた。

「来てくれてありがとう。チャズが逮捕されたことを知って、フィオナがちょっと取り乱してね。強盗殺人課に乗り込んで騒いだもんで、俺も捜査から外れることになった」

「マジで？」

「ああ、キャプテンの判断だ。俺も他に抱えてる案件がいくつもあるしな。証拠がないから公選弁護人が来ればチャズはすぐに釈放されるだろうし、そう心配することはない」

「だといいんだけど、フィオナが相当参ってるみたいで心配だよ」

「俺も正直意外だった。自分が逮捕されたときはどっしり構えてたのに」

目を見交わし、雨音はワイアットとの距離が近すぎるような気がして一歩あとずさった。緊急事態で頭から抜け落ちていたが、昨夜お泊まりデートに誘ったことを思い出してじわっと頰が熱くなる。

「じゃ、僕はここで」

「俺も行かないと。また電話する」

ワイアットの言葉に軽く頷き、くるりと背を向ける。階段を上りながら、雨音は火照った頰を冷まそうと両手の甲を押し当てた。

今はそれどころじゃない。まずはチャズの容疑を晴らすことに気持ちを集中しなくては。

そう考えて、ふと踊り場で足を止める。

（だけど……チャズが犯人って可能性もゼロではないよね？）

チャズはちゃらんぽらんだけど悪人ではない、と思う。けれど五、六回会っただけで、その人の本質を理解できるとも思っていない。魅力的な好人物が実はサイコパスだった、というパターンもあり得なくはないわけで——。

（いやいや、犯罪ドラマの見過ぎだ）

ナイフを振りかざすチャズの幻影を振り払い、雨音はフィオナの判断を支持しようと決めた。

フィオナがチャズの無実を信じているなら、自分も信じることにする。

真犯人を突きとめるのは警察の仕事だし、小説と違って現実の犯罪は見かけ通りの単純明快なケースがほとんどだ。おそらく自分が目撃した口論の相手が犯人で、動機は仕事かプライベートの揉《も》め事。

早くこの件を片づけて、週末のデートに気持ちを集中させたい。そう自分に言い聞かせ、雨音は止めていた足を一歩踏み出した。


時刻は午後七時になろうとしている。規制線の張られた古着屋を横目に、雨音はフィオナの住むアパートのエントランスへ向かった。

「いらっしゃい、入って入って」

ドアが開いて、フィオナが待ち構えていたように手招きする。

室内に足を踏み入れると、ソファにうずくまるように座っていたチャズが「よう」と力なく手を上げた。

雨音が口論相手の人相を告げる前に、チャズは証拠不十分で釈放されたらしい。しかし容疑者のひとりであることに変わりはなく、いつも陽気なチャズもさすがに落ち込んでいるようだった。

「お腹減ってるでしょ。デリバリーでいろいろ注文したから遠慮なく食べて。ビールは?」

「アルコールはやめとくよ。アイスティかアイスコーヒーある?」

「アイスティあるよ、座ってて」

ダイニングテーブルには、ピザや中華料理が所狭しと並べられていた。チャズを励まそうと、フィオナはパーティを開くことにしたらしい。

「大丈夫?」

グラスを受け取りながら小声で尋ねると、フィオナが肩をすくめた。

「まあね。ちょっと頭に血が上っちゃったんだけど、もう落ち着いた。それよりチャズが心配で」

「俺も大丈夫だよ」

無言で固まっていたチャズが、ふらりと立ち上がってよろよろと歩み寄ってくる。

「ほんとに俺はやってないんだ。やってないっていくら口で言っても仕方ないんだけどさ」

「真犯人が捕まれば疑いは晴れるよ」

言ってから当たり前すぎるセリフだったと気づくが、誰も突っ込まなかった。

ピザをひと切れ手に取り、立ったまま食べながらチャズが「ほんと、見つけたときすぐ通報すりゃよかった」とぼやく。

「疑われたらまずいと思って、ご丁寧に店のドアノブの指紋を拭いたりさ。しかもそれを近所の人にばっちり見られてたっていう。気持ちを落ち着かせたくてバーで飲んでたのも心証を悪くしちまったみたいだし」

意気消沈しているものの、チャズの食欲は衰えていないようだった。雨音だったら、殺人事件の現場を見てしまったら当分の間トマトソース系は無理だろう。

(ま、僕もわりと最近殺人未遂事件現場を見ちゃったんだけど)

管理人が床に倒れていた現場が脳裏によみがえり、ピザはやめて春巻きを皿に取る。

「殺人の動機のほとんどは金か色恋絡みなんだって。まずは被害者の人間関係を調べるべきでしょ」

小籠包《ショーロンポー》を頬張りながら、フィオナがぶつぶつ文句を言う。

気持ちはわかるが、警察としてはまずは現場から靴底に血を付けて逃走した人物を逮捕するのは当然のことで、責められる筋合いはないはずだ。

昔の雨音だったら間違いを正そうと即座に言い返したところだが、半年ほど前フィオナに『あなたの几帳面《きちょうめん》さは美点なんだろうけど、些細なことまでいちいち注意されるとうんざりする』と言われて以来、言葉に気をつけるようになった。

言われたときは正直むかっとしたのだが、その後己の半生を省みて自分の余計なひと言がいろいろ軋轢《あつれき》を生んだことに思い当たり、今ではフィオナに感謝している。

（ワイアットと出会う前に気づけてよかった）

今でも世間一般の基準からすると小うるさい性格なのだろうが、これでもだいぶましになったのだ。ワイアットの髭《ひげ》の剃り残し、車の運転が少々荒っぽいこと等々、注意したいが我慢している。ただし、正式につき合うことになれば話は別だが。

「この春巻き美味しいね。どこのお店？」

話題を変えようと口を開いたところで、インターフォンが鳴った。

フィオナがモニターを確認してオートロックを解除する。ほどなく、やや疲れた表情のワイアットが現れた。

「ワイアットだ」

「やあ、きみも来てたのか」

「うん。どうなってるか気になって」

「ビール飲む？　ワインもあるよ」

「アルコールはパスだ。このあと署に戻らないと」

雨音の向かいの席に掛け、ワイアットがピザに手を伸ばす。雨音的には手を洗わずにピザを食べるなんてあり得ないのだが、指摘したい気持ちをぐっと堪《こら》えた。

「で、どうなってるの？」

アイスティをたっぷり注いだグラスを手渡しながら、フィオナが詰め寄る。

「今のところほとんど進展なしだ。凶器はまだ見つかってない。雨音の証言をもとに、周辺の防犯カメラを解析して口論相手の男を捜索中」

おそらく近隣の防犯カメラのどれかに映っているはずだ。雨音が男が乗っていた車の特徴も覚えていたので、まもなく見つかるだろう。

「被害者の交友関係は？」

フィオナの質問に、ワイアットが肩をすくめた。

「もちろん調査中だ。俺は閉め出されたから詳細は知らないが」

「ごめん……私のせいだよね」

「気にするな。どっちにしても、俺は関係者ってことで捜査に関われなかっただろうし」

言いながら、海老餃子《えびギョーザ》をつまんで口に放り込む。

「俺はどうすりゃいい？」

途方に暮れた様子のチャズに、ワイアットの表情がほんの少し険しくなるのがわかった。

「残念だが、今きみにできることは何もない。普段通り仕事に行くんだ。警察の目があることを意識して、慎重に行動すること」

「わかった。頭をクリアにしときたいから、犯人が捕まるまで酒もハッパも封印する」

「それがいい。これ食ってもいいか？」

「どうぞ」

容器に残っていたオレンジチキンをあっというまに平らげ、ワイアットが「ごちそうさま」と立ち上がる。

「もう行くの？」

「ああ、ちょっと様子見に寄っただけだから」

「僕もそろそろ帰るよ」

「うん、ふたりともありがとう」

フィオナの部屋をあとにすると、ワイアットが「家まで送っていくよ」と申し出てくれた。

「サンキュ、助かる」

この時間バスは混み合うので、車で送ってもらえるのはありがたい。ふたりきりになることに緊張感はあるが、週末のデートに備えてこの緊張にも慣れておかなくては。

すっかりお馴染《なじ》みになった黒いＳＵＶの助手席に収まり、おびただしい数の対向車のライトに目を細める。事件とは関係ない話をしようと言葉を探していると、ワイアットがちらりとこちらに視線を向けた。

「オフレコだが、チャズはかなり不利な状況だ」

「え？　なんで？　チャズには動機がないでしょ？」

驚いて、雨音は訊き返した。ワイアットがもう一度「これは公表してない情報だから他言しないでほしい」と念を押してから続ける。

「店のレジがこじ開けられて現金が盗まれてたんだ。被害者のスマホも行方不明。強盗の偽装かもしれんが」

「チャズはお金に困ってないと思うけど」

ああ見えて、チャズはLAでも指折りのタトゥアーティストだ。顧客に著名なミュージシャンが何人もいて、数ヶ月先まで予約がいっぱいだと聞いている。

「俺も個人的にはチャズはシロだと思ってる。だが署内ではチャズが怪しいという意見が多数派だ」

「家宅捜索とかはしたの？」

「もちろん。チャズの家からは凶器も盗まれた金も出てこなかった。事件後に帰宅してないから、それも当然だがな」

依然容疑者リストの上位にいるということは、警察はチャズが逃走中にどこかに凶器と金を隠したと考えているのだろう。

「怪しいと言えば、あの店だってなんか怪しいよ。フィオナいわく店を開けたり開けなかったりで、あまり商売熱心じゃなさそうだったって」

「ああ、フィオナに聞いた。なのに潰れないのは何か裏稼業があるんじゃないかって話だろ。

もちろん被害者の身辺は徹底的に調べる。けど……」

「けど、何？」

　赤信号で停車してから、ワイアットがこちらに向き直る。

「今は他にも事件を抱えてて、うちの課は手が足りない」

「ほんとに万年人手不足なんだね」

「その通り。今回はきみもフィオナも容疑者の関係者だから協力を要請するわけにもいかないし、困ったもんだよ」

　ワイアットの含みのある言い方に、雨音は口元に笑みを浮かべた。

「ふうん……これは独り言だから気にしないで欲しいんだけど、被害者の身辺を探ってみようかな。何かわかったら匿名で通報するとかね」

「俺も独り言を言うが、そうしてくれると助かる。被害者のパソコンはパスワードが不明で開けないんだが」

「証拠品保管庫とかにあるの？」

「いや、うちの課の情報分析室に置いてあったような」

「オンラインにしておいてくれたら、うちからアクセスできるかもしれないなあ」

　顔を見合わせてくすくす笑っていると、いつのまにか信号が青に変わっていて後ろの車にクラクションを鳴らされてしまった。

「おっと、いつもは俺がクラクションを鳴らす立場なのに」

交差点を通過して、車が繁華街を抜け出す。ワイアットが「ここからは冗談抜きの真面目な話だ」とこちらを見やった。

「チャズに不利な証拠を見つけても、絶対に隠蔽や改竄《かいざん》をしないこと。証拠品に手を加えるのは違法行為だし、工作がばれたらきみもチャズもかなりまずいことになる」

ワイアットの言葉に、雨音も真顔で深々と頷く。

「うん、それは身にしみてる」

「それと、きみが見た男が犯人だとしたら、きみは唯一の目撃者だ。おそらく相手もきみの顔を覚えてる。事件が解決するまで絶対にあの界隈《かいわい》に近づくな。家に籠もって調査してくれ」

「了解」

ワイアットに言われて、自分が殺人犯かもしれない男に顔を見られたという事実に初めて気づく。自分が不審者を目撃したということばかり意識し、相手も自分を見たという視点が欠けていた、と言うべきか。

(もしかして僕ってかなり危険な立場にいるんじゃない?)

改めて、足元から恐怖が這い上がってくる。

ワイアットに言われた通り、事件が解決するまでなるべく家から出ないようにして、物件探しも一時休止にしよう。食料品のストックは充分にあるので、一歩も外に出なくても一週間は過ごせそうだ。

頭の中で事件のあれこれをこねくりまわしているうちに、車がアパートの前に到着した。

「送ってくれてありがと」

「部屋まで送る」

「……うん」

ほんの少し前にも同じ会話をかわしたことを思い出す。あのときはここでいいと言ったが、今夜はワイアットの申し出を素直に受け入れることにした。

無言で階段を上り、鍵を開けて中に入り、少し迷ってから「コーヒー飲んでいく?」と尋ねる。

「いや、いいよ。いったん腰を落ち着けたら仕事に戻るのが億劫《おっくう》になるから」

「そっか。そうだね。じゃあ……」

別れの挨拶を口にしようとしたところで、ふいにワイアットが距離を詰めてきた。

(え? な、何?)

あとずさろうにも体が動かない。榛色の瞳に魅入られたように固まっていると、大きな手が背中にまわされた。

「……っ!」

唇に、ワイアットの唇が重なる。

触れたのは一瞬だったが、それがキスだということはわかった。

「あ、すまん。キスしていいか尋ねてからするべきだった？」

「……いや……ええと……そうだね」

動揺しすぎて何を言っているのかわからない。赤くなった顔を見られたくなくて、雨音は急いでワイアットに背を向けた。

「こないだ訊いたとき、していいって話だったから」

「そう、そうだよ！　だから別に怒ってないし！」

気恥ずかしさのあまり、口調が切れ気味になってしまう。そんな自分が嫌になるが、ワイアットは「そうか、よかった」と軽く流してくれた。

「じゃあ、もう行くよ」

「うん、気をつけて」

背後でドアが閉まったとたん、全身から力が抜けていく。ドアの鍵をかけ、よろめきながらソファに倒れ込み、雨音は両手で顔を覆った。

「ああ……なんでもっとうまく対処できないんだよ……」

ほんの軽いキスでがちがちに緊張しているようでは、週末のお泊まりデートが思いやられる。

（いや、何ごとも経験だ。こうやって小さなことを少しずつ積み重ねていけば、そのうちロマンス小説のヒロインみたいに粋に振る舞えるようになるはず！）

自分が書く内気なヒロインではなく、もっと恋愛に長《た》けたタイプのヒロインだ。都会的で気の利いたヒロインだったら、先ほどのワイアットのキスにどう対応しただろう。

仰向《あおむ》けになって目を閉じた雨音は、ふいにあることに気づいてがばっと体を起こした。

(ちょっと待って。いつものあの嫌なゾワゾワ感が全然ない)

接触恐怖症で特に男性が苦手な雨音は、ほんの少し触れられただけで気分が悪くなる。ワイアットとセックスしたときは媚薬を盛られていたので、あれは例外中の例外だ。

なのに今、媚薬も何もない素の状態でワイアットにキスされたのに、全身を駆け巡っているのは嫌悪感ではなく体がふわふわと舞い上がるような高揚感で――。

いても立ってもいられなくなり、雨音は部屋の中を歩きまわった。

今の一件だけで接触恐怖症が克服できたとは思わないが、これはかなりの前進ではなかろうか。少なくとも症状を発して以来、成人男性に触れられて嫌悪や恐怖をまったく感じなかったのは初めてだ。

接触恐怖症とは一生つき合っていくつもりだったし、多少の不便は感じつつも、雨音の中では折り合いが付いていた。ワイアットとお試し期間の恋人になって以来、自分の接触恐怖症を忘れかけていたことに、今更ながら驚いてしまう。

週末のデートに向けて、これはいい兆候ではなかろうか。

ただし意識しすぎると裏目に出るので、考えすぎないことが大事だが。

「とりあえずコーヒー飲もう、コーヒーコーヒー」

何事もなかったように振る舞おうと決めて、雨音は呪文のように「コーヒー」と連呼しながらコーヒーメーカーをセットした。

4

パソコンのモニターを睨みつけ、雨音は腕を組んだ。

被害者のパソコンにアクセスし、パスワードを突破して約一時間。帳簿を開いて店の経営状況を調べているところだ。

(帳簿上は黒字なんだ……しかも結構儲《もう》かってるっぽい?)

流行《はや》っているようには見えなかったので、これは何か裏がありそうだ。今朝ワイアットから送られてきた被害者の詳細な経歴をプリントアウトし、改めて目を通す。

ダンテ・マーシャル、四十七歳、ロングビーチ出身。

高校卒業と同時にプロサーファーになり、二十五歳で引退。サーフィンのインストラクターやサーフショップの従業員を経て、三十八歳のときにカフェをオープン。

カフェは経営に失敗して二年弱で閉店している。その後は再びインストラクターなどをやっていたようだが、四十二歳のときにヴィンテージ古着ショップ〈90265〉をオープン。

結婚歴は一回、二十八歳のときに結婚して三年で離婚、子供はなし。飲酒運転での逮捕歴が二回、服役経験はなし。

(最初のカフェ、二年弱で閉店ってことは多分負債抱えてたはずだよね。二年後に新たに店を

開いた資金はどうやって調達したんだろう）

サーフィンの世界には疎いのだが、プロ経験があると引退後もインストラクターなどで稼げるものなのだろうか。

再び帳簿に目をやり、数字を追っていく。開店から五年間、年商が毎年ほぼ同額という点も少し気になった。

（どんな商売でも、オープンから軌道に乗るまでは赤字を覚悟せよって話だけど）

帳簿だけ見れば、ダンテはかなりの商売上手だ。しかし雨音が知る限り、店が賑《にぎ》わっているようには見えなかった。同じ建物の住人であるフィオナも同意見なので、この数字を鵜呑《うの》みにしてはいけない。

紅茶を淹れ、チョコレートで糖分を補給してから帳簿を細かく見ていくことにする。

仕訳帳を目で追い、雨音はダンテが頻繁に仕入れをしていることに気づいた。

月に二回、多いときは三回。店のウィンドウはいつ見ても代わり映えしないのに、この頻度は不自然だ。

（名目上は古着となってるけど、古着以外のものを仕入れてるとか？）

仕入れ先はふたつあり、ひとつは古着専門の卸倉庫で、こちらは二、三ヶ月に一回の取引で金額はさほど多くない。頻繁に取引しているのはもうひとつのリサイクル会社で、仕入れの金額も大きかった。

会社名を検索するが、ホームページやSNSのアカウントは持っていないようだった。検索結果で関連のありそうな項目をクリックし、リサイクル会社の情報を集めていく。

所在地はイングルウッド、LAで特に治安の悪い地域のひとつだ。グーグルマップで確認すると、古ぼけた倉庫がいくつか並んでいた。倉庫の中までは覗けないので、ハッキング能力を駆使して会社の詳細を探ることにする。

三十分ほどかけてたどり着いた情報によると、会社の設立は五年前。〈90265〉がオープンする三ヶ月前のこと。

（これって偶然じゃなさそうだな）

更に探っていくと、興味深い情報が現れた。このリサイクル会社は、どうやらLAで手広く飲食店を経営している〈サンフォード・カンパニー〉と関連があるらしい。

飲食店の名前を順に検索していくと、ニュースの記事が引っかかる。一年ほど前のその記事には、〈サンフォード・カンパニー〉グループのバーで、従業員が違法薬物の売買で逮捕されたとあった。

LAでは、バーの従業員が薬物を売買するなど日常茶飯事だ。けれど何か関係がありそうな気がして、雨音はスマホを手に取った。

八回目のコールで、ワイアットの声が『雨音？』と応答する。

「うん。被害者の店の帳簿を調べてたんだけど、ちょっと気になることがあって」

『なんだ？』

「ダンテは仕入れ先の二社のうち一社と頻繁に取引してた。しかも毎回高額なんだ。リサイクル会社なんだけど、調べていくと〈サンフォード・カンパニー〉って会社と繋《つな》がった」

『〈サンフォード・カンパニー〉？　レストランやバーを経営してる会社か？』

「そう、知ってるの？」

『ああ、経営者はギャングの親玉だ。麻薬課が何年も前からマークしてて、末端の従業員が薬物の売買で何度も捕まってるが、上層部は上手《うま》く逃げてる』

「ダンテの店も薬物を仕入れて売ってたと思う？」

『大いにあり得るね』

「僕はこの情報をどうしたらいい？」

『キャプテンに知らせてくれ。ただし、匿名の情報提供という体《てい》で』

「了解。じゃあまた」

お互い仕事中なので素っ気なく通話を切るが、耳に残ったワイアットの声がくすぐったい。

名残惜しいような気分を振り払い、雨音は強盗殺人課のキャプテン、ボニー・ラファロの直通番号に電話をかけた。

『もしもし？』

少々怪訝そうに、ボニーの声が応答する。

ボニーとは捜査協力で何度か顔を合わせ、その際にこの直通番号を教えてもらったことを思い出す。匿名通報の形をとるなら代表番号にかけるべきだったが、雨音は素知らぬ顔で茶番を続けることにした。

「LAに住む市民です。古着屋の店主が殺された件について、匿名で情報提供をしたいのですが」

『聞き覚えのある声だけど気のせいかしらね。続けて』

「殺されたダンテ・マーシャルは〈サンフォード・カンパニー〉と繋がりのあるリサイクル会社と不自然に高額な取引をしていました。情報源は明かせませんが、ええと……古着屋の帳簿を見た人の話なので確実だと思います」

『不自然に高額な取引、ね。そのリサイクル会社の家宅捜索令状が取れるといいんだけど』

「帳簿を見ていただければ、いけると思います」

電話の向こうでボニーが小さく笑い、『帳簿を送ってちょうだい』と言って電話を切る。

「よし！」

立ち上がって、雨音は拳を握った。

ギャングの薬物売買に関わっていた人物が殺されたら、まず疑うべきはギャングだ。雨音が見た口論の相手も、おそらくギャングのメンバーだろう。

これでチャズの容疑も晴れるに違いない。解決するまでは綺麗《きれい》さっぱり晴れるというわけにはいかないが、容疑者リストの順位はかなり低くなるはずだ。チャズには動機がなく、商売で揉めていたらしいギャングには大いに動機があるのだから。

フィオナに電話をかけようとして、雨音は思いとどまった。

一刻も早く知らせたいところだが、万が一間違っていた場合、がっかりさせてしまう。ここから先は警察に任せて、自分は自分の仕事に集中したほうがいい。

「その前に昼ご飯だ」

朝からずっとパソコンと向き合っていたので、少し目を休ませなくては。

冷蔵庫の残り物で簡単なランチを作ることにして、雨音はキッチンへ向かった。

——五時間後。書きかけの原稿をセーブしてコーヒーを飲んでいると、ワイアットから電話がかかってきた。

いつもは心の準備をしてから出るのだが、事件がどうなっているのか気になっていたので即座に通話ボタンを押す。

「はい！」

『俺だ。少し進展があったから知らせておこうと思って』

「少し？　解決したんじゃないんだ」

電話の向こうで、ワイアットが『そう簡単にはいかないさ』と小さく笑った。

『リサイクル会社の家宅捜索で、倉庫から大量の違法薬物や盗品が出てきたそうだ。〈サンフォード・カンパニー〉との繋がりも確認できて、そっちも令状が下りたところ』

「僕が見た男は？」

『まだ見つかってない。リサイクル会社の従業員の中にはいなかった』

「そっか……」

『そうがっかりするな。きみのおかげでようやく〈サンフォード・カンパニー〉に踏み込むことができたんだから。麻薬課の連中が、うちに先を越されたことを悔しがりつつ喜んでる』

「〈サンフォード・カンパニー〉に僕が見た男がいるといいんだけど」

『ああ、そう願うよ。フィオナには俺から連絡しておくから……』

「わかってる。まだ捜査中だから僕は何も言わない」

『そうしてくれ。それと、くれぐれも気をつけるように』

「うん、犯人が捕まるまで部屋から出ない」

会話が途切れたので「じゃあ」と言って切ろうとしたところで、ワイアットが『あー……』と何やら間延びした声を上げた。

『仕事が終わったら、きみの顔を見に寄りたいんだが』

ワイアットの言葉に、胸がどくんと高鳴る。

心配してくれているのだろうが、安否確認なら電話かメールで済む話だ。なのにワイアットは、わざわざ仕事帰りに寄って会いたいと思っているらしい――。

「……いいよ。何時頃になりそう？」

『それが、ちょっと読めないんだ。これからパームスプリングスまで行かなきゃならない』

「パームスプリングス？　ちょっと遠いね」

『そうなんだ。多分帰りは深夜になると思う。こういうとき、一緒に住んでたら帰りが何時になってもきみの顔を見ることができるんだが』

「……っ」

『すまん、心の声が口に出てしまったみたいだな。きみを困らせるつもりはないんだ。うざがられる前に切るよ。じゃあ』

通話がぷつんと切れる。スマホを耳に当てたまま、雨音はしばらく動けなかった。

もしかして、自分が思ってるよりワイアットは真剣なのだろうか。一時的に熱を上げているだけかもしれないが、一緒に住みたいと考えているのは確かだし、少なくとも軽い遊びのつもりでないことは言葉の端々から伝わってくる。

（よくまあ、こんな面倒くさい男と一緒に住みたいと思えるよね）

帰りは何時になるかわからないと言っていたが、仕事が早めに終わるかもしれない。ワイアットが来たら出せるように、何か作っておこうと冷蔵庫を開ける。

（すき焼き、多めに作っとこ）

今夜来れなくても、明日のほうが味がしみて美味《おい》しくなる。

さっそく取りかかろうと、雨音は冷蔵庫から材料を取り出した。

5

——スマホの着信音が鳴っている気がする。

寝ぼけ眼で寝返りを打ち、雨音《あまね》はナイトテーブルに手を伸ばした。

（電話……どこだ……？）

手探りで探しているうちに、着信音が途切れてしまう。ようやく探り当てたスマホを見ると、電話は強盗殺人課のボニー・ラファロからだった。

慌てて折り返さなくても、急ぎの用件ならまたかかってくるだろう。再び目を閉じて、雨音は大きく息を吐いた。

昨夜は夜更かししてしまった。ワイアットが来るかもしれないと思って仕事をしつつ待ち構えていたのだが、十時過ぎに『まだ帰れそうにない。週末に会えるのを楽しみにしてる』と短いメールが届いた。

ワイアットとは、またすぐに会える。なのに結構がっかりしてしまい、そんな自分に戸惑い、ネットで不動産会社の物件情報を眺め、もしルームシェアしたらどんな生活になるのだろうと想像し、あれこれ妄想に耽《ふけ》っているうちに時間が過ぎてゆき——。

（時間と言えば、今何時だ？）

瞼《まぶた》を持ち上げ、枕元の時計を見てぎょっとする。

午前十時十五分、昨夜の夜更かしのせいで寝坊してしまった。ベッドから跳び起き、水を飲んで頭をしゃんとさせてからボニーに電話をかける。

『もしもし？』

「雨音です。すみません、先ほどお電話いただいたのに」

『昨日〈サンフォード・カンパニー〉を家宅捜索して薬物の売買に関わったメンバーを逮捕した。親玉と上層部を一網打尽。薬物売買に関しては証拠があるから起訴できるけど、ダンテ・マーシャルの殺害については全員口を揃《そろ》えて否認してる。まあ素直に認めるわけないんだけど』

前置きなしに一気にまくし立てて、ボニーがため息をついた。

「僕が見た男に似てる人はいるんですか？」

『そう、電話したのはその件なの。〈サンフォード・カンパニー〉のスタッフが定期的に古着屋に薬物を運んで売上金を回収してたのは間違いない。周辺の防犯カメラにもそれらしき人物が映ってる。逮捕した中に人相書きに似てる男がいるから、署に来て面通ししてもらいたいんだけど』

「わかりました。すぐ行きます」

『ちょっと待って。パトカーを手配するから』

パトカーに乗るなんてごめんだと思ったが、逮捕された中に殺人犯はいなくて今も野放しという可能性もある。ありがたく乗せてもらうことにして、雨音は支度に取りかかった。


パトカーの後部座席に乗り込んだ瞬間、雨音は激しく後悔した。

シートに染みついたこの匂いがなんなのか、想像はつくけれど考えたくない。帰宅したらすぐにシャワーを浴び、今日着た服をただちに洗濯しなくては。

心を無にしようと目を閉じ、時折息を止めながら耐え、警察署に到着したときは心底ほっとした。強盗殺人課のフロアにたどり着いてそれとなく見まわすが、ワイアットの姿は見当たらない。

（もしかしたら昨夜は泊まり込みになったのかも？）

メールしてみようとスマホを取り出し、いや、やめておこうと思いとどまる。

常に居場所を把握したがる嫉妬深い恋人だと思われたくない。刑事という職業柄、どこにいるのか言えない場合もあるだろうし。

「来てくれてありがとう。さっそくだけど、始めていい？」

どこからか風のように現れたボニーが、廊下の奥を指す。

「ええ、構いません」

「知ってると思うけど、面通しは向こう側からこっちは見えないので安心してじっくり見てちょうだい。六人いるけど、六人の中から誰か選ばなくちゃいけないってわけでもないからね。あなたが見た男がいなければ、いないと言えばいいから」

「了解です」

取調室に入ると、ガラスの向こうに面通し用の小さな別室が見えた。映画やドラマではよく見かけるが、実際目にするのは初めてだ。

今更ながら、犯人かもしれない人物を選ぶ責任の大きさにおののいてしまう。男の顔ははっきり覚えているつもりだが、人の顔なんて服装や髪型で印象が変わるものだし、自分の記憶が正しいとは言い切れない。

(落ち着け、見ればすぐにわかるはず。ピンと来なかったら、ここにはいないってことだ)

顔見知りの刑事が「始めていいかな?」とガラス越しに問いかけ、ボニーがマイクに近づいて「ええ、始めてちょうだい」と答える。

別室の扉が開き、番号札を持った男が一列に並んで入ってきた。向こうからこちらは見えないとわかっていても、ガラス一枚隔てて殺人犯かもしれない男がいる状況に鳥肌が立つ。

六人揃ったところで、ボニーが「正面を向いて」と指示した。

「三番です。僕が見たのは三番の人です!」

男が正面に向き直ったとたん、雨音は声を潜めつつ叫んだ。狭い額に角張った顎、店の前で目が合った男に間違いない。

「確かなの？　もっと時間をかけてもいいのよ」

「確かです。顔も体格も僕の記憶にある通りです」

自分の記憶が頼りにならないかもしれないという懸念も、男を見た瞬間に吹き飛んだ。

ボニーが頷《うなず》き、「終了、下がって」と短く告げる。

「三番は人相書きに似てるふたりのうちのひとりで、周辺の防犯カメラから古着屋に出入りしてたこともわかってる。まず間違いないだろうね」

「これからあの三番を取り調べるんですよね？　結果がわかるまでここにいていいですか？」

ボニーが軽く眉をそびやかし、「そうね、あなたは目撃者だから成り行きが心配だろうしね」と頷いた。

「三番と鉢合わせしないように、この部屋にいてちょうだい」

「えっ、この部屋ですか？」

できれば別の部屋で待ちたいと口にする前に、ボニーは風のように去っていった。仕方なく、椅子を引き寄せて浅く掛ける。

無機質で陰気な部屋だ。オカルトやスピリチュアル的なものは信じていないが、この部屋には悪い気が満ちているように思えて落ち着かない。

何か気を紛らわすものはないかとショルダーバッグの中を探ると、読みかけのペーパーバックが出てきた。熱いコーヒーがあれば尚《なお》いいが、忙しい署員を呼びつけてコーヒーを頼むほどの横柄さは持ち合わせていないので我慢する。

幸い、結果は三十分もしないうちに判明した。勢いよくドアを開けて入ってきたボニーが「確かにあの男で間違いなかった」と言いながら椅子にどかっと掛ける。

「あなたが見た通り、あの日店でダンテと口論したことを認めた。数ヶ月前からダンテが薬に粗悪な安物を混ぜてかさ増しして売ってたことがわかって、品質を重んじる〈サンフォード・カンパニー〉として許せなかったと」

「殺したことについては?」

ボニーが首を横に振り、ため息をつく。

「喧嘩《けんか》はしたし脅しっぽい言葉も口にしたけど、殺してはいないって。あの晩はずっとサンフェルナンド・バレーのバーにいたと主張してる。これからその店の防犯カメラの映像を取り寄せて確認するんだけど、ちょっと手伝ってもらえる?」

「ええ、僕も気になりますから」

予定外の仕事だが、三番の男が犯人かどうか、雨音も一刻も早く確かめたかった。

チャズの容疑を晴らしたいというよりも、これはフィオナのためだ。正直に言って、雨音はチャズにはさほど親愛の情を持っているわけではない。唯一の親友のフィオナが大事に思っている人だから、何か力になりたいというだけで。

それに、犯人であれ無実であれ、早く白黒がついたほうがいい。万が一チャズが犯人だとしたら、一分一秒でも早くフィオナから引き離さなくては。

先ほどの刑事が情報分析室に移動して大丈夫だと伝えに来たので、まずは休憩室へ行ってコーヒーを飲むことにする。

廊下を歩きながらさりげなくフロアを見渡すが、やはりワイアットの姿はなかった。休憩室に入ってからも、ガラスの仕切り越しに廊下を行き交う人を目で追ってしまう。

（……なんかワイアットに夢中みたいじゃん）

そういうわけではなく、ただちょっと、無事でいるか気になるだけだ。

コーヒーを飲み終えると、雨音は雑念を追い払って情報分析室へ向かった。

その日の夜。帰宅して真っ先にシャワーを浴び、着ていた服を洗濯機に突っ込んで夕食の準備をしていると、インターフォンが鳴り響いた。

（ワイアット？）

いそいそとモニターを確認するが、映っていたのはワイアットではなかった。

「フィオナ？　どうしたの？」

『急に来てごめん。ちょっといいかな』

「もちろん」

アポなしの訪問は苦手だが、フィオナなら話は別だ。オートロックを解除すると、ほどなく階段を駆け上がる音が聞こえてきた。

「いらっしゃい」

ドアを開けると、フィオナが力なく微笑《ほほえ》みながら紙袋を掲げてみせる。

「夕食がまだだったら一緒にと思って、サンドイッチとサラダ買ってきた」

「ありがと。僕もちょうど夕食作ってたんだ。ポテトグラタンとトマトスープ、昨日の残りのすき焼きもあるよ」

「いいね。持ち寄りパーティみたいで」

顔を見合わせて笑い、雨音はオーブンを開けてグラタンの焼け具合を確認した。

いつもはひとり分しか作らないのだが、もしかしたらワイアットが来るかもしれないと思い、大きい耐熱皿にして正解だった。野菜と豆をたっぷり入れたスープも、余ったら冷凍するつもりで多めに作ってある。

「ビール？　ワイン？」

「ビール。今はちょっと、飲まなきゃやってらんない」

そう言って、雨音の潔癖症を心得ているフィオナがバスルームへ手を洗いに行った。雨音もビールを飲むことにして、冷蔵庫から瓶を二本取り出す。

「事件の話、訊《き》きに来たんでしょ？」

ビールを手渡しながら尋ねると、フィオナが頷いた。

「チャズは仕事に行ってて、少なくとも表面上は気丈に振る舞ってる。だけど私はなんにも手につかなくて」

憔悴《しょうすい》しきった顔から察するに、あまり眠れていないのだろう。少し考えて、雨音は言葉を選びながら切り出した。

「あのさ、詳しいことは言えないんだけど、殺されたダンテ・マーシャルはギャングと関わりがあったんだ。おそらく犯人もギャングのメンバーだと思う」

実を言うと、雨音が目撃した男——面通しの三番は、死亡推定時刻に確かにサンフェルナンド・バレーのバーの防犯カメラに映っていた。しかしその後の捜査で他にも〈９０２６５〉に出入りしていたメンバーがふたりいることがわかり、彼らのアリバイを調べているところだ。

「だといいんだけど。ほんっとチャズも馬鹿なんだから。現場に踏みとどまって通報してれば、こんなややこしいことにならなかったのに」

大いに同感だが、曖昧に頷きながらグラタンを口に運ぶ。すき焼きを電子レンジの中に入れたままだったことを思い出して立ち上がると、再びインターフォンが鳴った。

「誰か来る予定だった？」

「ううん」

もしかしたらと思いつつモニターを見ると、やはりワイアットだった。

風呂上がりの肌がじわっと汗ばみ、頬が火照る。昨日も今日も空振りだったので、こうして時間を作って立ち寄ってくれたことが素直に嬉《うれ》しかった。

「ワイアット、ちょうどよかった。フィオナも来てるんだ」

ハグやキスなどされたら恥ずかしいので、それとなく釘《くぎ》を刺す。

『わかった。節度をわきまえて行動しろってことだな』

「……っ」

にやりと笑った表情がやけにセクシーに見えて、雨音はひどく狼狽《うろた》えた。ワイアットが部屋に来るまでに、大至急呼吸を整えておかなくては。

ドアを開けると、ワイアットが「やあ、急に来て悪いな。電話しようとしたら充電切れで」と肩をすくめた。

「いいよ。ご飯食べた？　今フィオナと夕飯食べてるんだけど」

左右に目を泳がせながら、ワイアットを招き入れる。

「夕飯食べに行かないかって誘おうと思ってたところだ」

「よかった。何飲む？」

どうにか淡々と会話することに成功し、くるりと背を向けてキッチンへ向かう。

「クラブソーダはある？　やあフィオナ。邪魔して悪いな」

「全然。私もアポなしでさっき来たところ。待って、席に着く前に手を洗ってきて」

フィオナの言葉に怪訝《けげん》そうな表情を浮かべたワイアットが、三秒後に「ああ、そうだな」と踵《きびす》を返した。

ワイアットは鈍い男ではない。今の一言で、この家のルールを理解してくれたことを願う。

「わお、豪華だな」

手を洗ってきたワイアットが、ダイニングテーブルに並んだ料理を見て目を輝かせた。

「サンドイッチとサラダは私が買ってきたんだけど、あとは全部雨音が作ったんだよ」

「これ、すき焼き？」

「そう。こないだ買い物につき合ってもらったときの……口に合うかどうかわかんないけど」

さっそくワイアットが取り皿にすき焼きを入れ、やや覚束《おぼつか》ない手つきながら箸を使って白菜と牛肉を口に運ぶ。

「……うん、美味《うま》い」

固唾《の》を呑んでワイアットの反応を見守っていた雨音は、ほっとして食事を再開した。

ワイアットの表情を見れば、お世辞ではないことが伝わってくる。空腹だったのか、ワイアットはがつがつとすき焼きを平らげていった。

「この野菜、初めて食べるけど美味いな」

「牛蒡《ごぼう》？　独特の香りがあるから子供の頃は苦手だったんだけど、大人になったらなぜかすごく好きになった」

「確かに好き嫌いが分かれそうだ。俺も子供の頃どうしてもセロリがだめだったな。今じゃむしろ好きなんだが」

「これは平気？　白葱《しろねぎ》も香味野菜だから好き嫌いが分かれるかも」

「ねえ、お話が弾んでるところ悪いんだけど、事件のこと訊いてもいいかな」

フィオナのセリフに、はっと我に返る。振り向くと、フィオナが声を出さずに口の動きで「いちゃつくのはあとにして」と訴えてきた。

（えぇっ？　いちゃついてたわけじゃないんだけど）

目で言い返すが、大袈裟《おおげさ》に目を見開いたフィオナに即座に否定されてしまう。

「ああ、答えられる範囲で、だが」

雨音とフィオナのやりとりをスルーして、ワイアットがダンテとギャングの繋《つな》がりをかいつまんで説明した。雨音が見た口論の相手は特定できたが、アリバイがあったこと。他にも〈90265〉に出入りしていたメンバーがいたが、彼らにもアリバイがあったこと。

「待って、他のメンバーもみんなアリバイがあったの？」

その情報は初耳だ。眉根を寄せて訊き返すと、ワイアットが頷く。

「さっき署を出るときに聞いたから確かだ。ふたりともあの晩は公務執行妨害で留置場にいた。スピード違反で検挙した警官に突っかかったらしい。これ以上ないほどの確実なアリバイだ」

「つまり、振り出しに戻ったってこと？　チャズ以外に有力な容疑者は？」

「一応、ギャングのメンバー全員のアリバイを調べるらしいが」

ダンテと面識のないメンバーが殺したとは考えにくい。敢《あ》えて面識のない人物を刺客に送り込んだ、という可能性もなくはないが。

「いったい誰が犯人なの？　実はチャズはとんでもないサイコパス野郎とか？」

フィオナが冗談とも本気ともつかない口調で吐き捨てる。

「サイコパス気質の人物はこれまで何人も見てきたが、彼らには明らかな特徴がある。チャズには当てはまらない」

「巧妙に隠してる凄腕《すごうで》のサイコパスだっているでしょう？」

「まあ、専門家だって百パーセント確実に見抜けるわけじゃないが、チャズが抜け目のないしたたかな性格だとは思えないね」

ワイアットとフィオナの会話に耳を傾けつつ、雨音はターキーとアボカドのサンドイッチにかぶりついた。

ギャングじゃないなら誰がダンテを殺したのか。いや、まずはダンテがなぜ殺されたのか、そこから考えるべきか。

（お金の問題じゃないなら、個人的な恨み？）

ダンテは今風に言えばイケオジだった。雨音の好みではないが、女性にもてていたというのもよくわかる。

「ねえ、ギャング絡みじゃないならダンテのプライベートな交友関係は？　もててたみたいだし、女性関係も派手だったんじゃない？」

そう切り出すと、ワイアットがこちらに向き直った。

「離婚した元妻との間にトラブルはなかった。元妻はアトランタ在住で、離婚以来いっさい連絡を取っていないから無関係だろう。ダンテは趣味でサーフィンを続けていたらしいが、サーファー仲間との関係も良好だった。まあ、ビーチで顔を合わせるだけの浅いつき合いだったようだが。半年前からつき合っていた女性とはカジュアルな関係だったらしい」

「セックスフレンドってこと？」

フィオナの突っ込みに、ワイアットが「俺が聞いた印象ではそんな感じだ」と肩をすくめる。

「その彼女はもちろん調べたんだよね？　アリバイは？」

矢継ぎ早の質問に、ワイアットが箸を置いて胸ポケットから手帳を取り出した。

「ラモーナ・ロウ、二十八歳独身、ＬＡスタージムのフィットネス・インストラクター。パーティでダンテと出会い交際開始。ただし互いに束縛しない関係で、会うのは週に一回程度だったと供述。死亡推定時刻には別の男性とデート中で、アリバイも確認済み」

「インストラクターならネットに写真ありそう」

言いながら、フィオナがさっそくスマホを操作する。

「ああ、この彼女見覚えがある。古着屋でダンテといちゃついてた女性のうちのひとりだ」

フィオナがこちらに向けた画面は、ＬＡスタージム公式サイトのインストラクター紹介ページだった。健康的に日焼けした……というより日焼けマシーンに入り浸りという感じの、いかにもパーティガール風のセクシーな女性だ。

雨音もスマホでラモーナの名前を検索してみる。宣伝も兼ねているのだろう、ラモーナは本名でインスタグラムのアカウントを作っていた。

ジムでのレッスン風景やお洒落《しゃれ》なカフェ、各種パーティの写真がぞろぞろと出てくる。事件を受けて削除したのか、あるいは元々公にしていなかったのか、ダンテの写真は見当たらなかった。

「個人トレーナーもやってたんだ」

豪邸のプールサイドで女優とヨガのポーズを取っている写真、雨音は知らないが、著名人らしきカップルとだだっ広いキッチンで野菜のスムージーを作っている写真。ジムのサイトに出張レッスンの案内が出ていたので、派遣という形で個別レッスンをやっているのだろう。

「お互いに束縛しない関係ってことは、ダンテにも他につき合ってる人がいたってことだよね」

食事を中断し、雨音は寝室からノートパソコンを持ってきて広げた。ダンテのパソコンを調べたときは帳簿のことで頭がいっぱいでＳＮＳや写真フォルダまでチェックしていなかったが、何かヒントが隠れているかもしれない。

「ダンテのSNSは調査済みなの？」

ポテトグラタンを食べていたワイアットが首を横に振る。

「インスタとツイッターに店の公式アカウントがあるが、開店当初に数回更新しただけで動きがない。個人のアカウントは不明」

「ダンテの生年月日わかる？　あとサーファー時代のニックネームとか、得意だった技とか」

「ああ、ちょっと待って」

ワイアットが手帳の情報を読み上げ、雨音は単語や数字を組み合わせて検索した。

インスタ歴が長いので、アカウントの特定はわりと得意だ。これまでに培ったスキルを駆使し、ものの数分でダンテのインスタの個人アカウントを発見する。

「見つけた。身元を隠してやってる風じゃなくて、普通のプライベートアカウントだね」

ビーチでのサーフィン、誰かの家でのバーベキューパーティ、ナパバレーやサンディエゴへの旅行写真——どの写真にも高確率で若い女性が一緒に写っている。店や仕事に関する写真はなく、遊び人のモテ自慢アカウントといったところか。

「ラモーナの他にも関係のある女性がたくさんいそうだな」

雨音の隣に立ち、ワイアットが腕を組んで見下ろす。距離の近さに思わず身じろぎすると、ワイアットが一歩後ろに下がってくれた。

「見せて。店でいちゃついてた女性を探してみる」

「お願い」

フィオナにパソコンを譲り、ダイニングテーブルに戻って食べかけのサンドイッチにかぶりつく。サラダを食べていると、フィオナが「あ、この人見たことある」と声を上げた。

夜のビーチで、焚《た》き火《び》をバックにダンテと親しげに体を寄せ合っている女性だ。タグ付けされていたので、彼女のアカウントに飛んでプロフィールを確認する。

「ダンテといちゃついてたように見えたけど、彼氏との写真がいっぱいだから、つき合ってたわけじゃないのかな」

「タグ付けしてるってことは秘密の関係じゃないね。関係を隠したい場合はタグ付けしないし、そもそも写真をアップしないだろうし」

「もしくはタグ付けは〝何も疚《やま》しいことはないですよ〟アピールで、実は彼氏に隠れて浮気してたとか」

「ああ、それはあるかも」

ワイアットが「ネット上の人間関係のルールはほんとによくわからん」と呟《つぶや》き、フィオナが「おじさんみたいなこと言わないで」と笑った。

「年齢は関係ないんだよ。現に四十七歳のダンテはインスタを使いこなしてた。これは性格の問題だな」

「インスタグラマーだった僕が言うのもなんだけど、SNSはやらないほうがいいよ、マジで」

ぼそっと言って、モニターに視線を戻す。

メロディ名義のアカウントは、事件後思い切って削除した。万単位のフォロワーと賞賛コメントを手放すのは惜しい気もしたが、あのアカウントは大きな災いを呼び寄せた元凶だ。

けれどSNSを完全に断ったわけではなく、女装男子カテゴリの大手アカウントの投稿は逐一チェックしているし、ワイアットとつき合うことになったときには血眼になって彼のアカウントを探してしまった。

とりあえず現時点でインスタ、フェイスブック、ツイッターをやっていないことがわかったので、それ以上の詮索は思いとどまったが。

「ああ、この女性は事件とは関係なさそう。事件の日は彼氏とニューヨークに旅行してる」

「フィオナ、タグが付いてる女性を片っ端から調べてくれる？　僕はタグが付いてない女性を調べてみるから」

「了解」

「俺も何か手伝おうか？」

「ワイアットはご飯食べてて。すき焼きもグラタンも全部食べていいよ。スープ、冷めてたら温め直して」

デスクトップパソコンの電源を入れ、雨音はさっそくダンテのアカウントを開いた。

タグが付いていなくても、写真に写っている人物を特定するのはさほど難しくない。まずはダンテがフォローしているアカウントとフォロワーを調べ、該当するアカウントがなければ日付と場所、店の名前などのキーワードで検索して似たような投稿を探す。

十五分ほどで、雨音は三人の女性のアカウントを突き止めた。ダンテとの繋がりは薄そうだが、ネット上でそう見えても実はセフレという可能性もなくはない。とりあえずリストを作って、動機やアリバイは警察に任せるとしよう。

「殺人事件ってほとんどが金か色恋絡みなんでしょ？　ギャングの仕業じゃなきゃ女性絡みだって気がする。このダンテっておじさん、若い女に目がなさすぎ。二十も年下のネイリストにキモいメッセージ送ってるし」

先ほどから雨音も感じていたことを、フィオナが代弁してくれた。インスタの写真を見ているだけで彼の好みがよくわかる。二十代から三十代前半の、健康的なアウトドア派の長身美人。パーティなど大人数で写真を撮る場合も、必ず好みの女性の隣に陣取っている。

「ダンテはセフレのつもりでも、相手も同じ考えとは限らないしね。それか、最初は軽いつき合いのつもりが本気になっちゃったとか。犯行は女性でも可能だった？」

雨音の質問に、ワイアットが頷く。

「刺されたのは腹部と胸部の二箇所で、胸部が致命傷だった。検死官によると、まず向かい合った状態で腹部を刺し、倒れた被害者の胸部にとどめを刺した。最初の一撃で被害者の抵抗を封じているから、力の劣る女性でも慌てずゆっくり狙いを定められただろうね」

「二箇所も刺されてたんだ……。めっちゃ素人くさいこと言うけど、一回刺すだけでもうわあって感じなのに、その場でナイフを抜いてもう一箇所刺すって、よっぽど被害者に恨みがあったとか？」

「ナイフを用意してきた時点で計画的犯行だろうな。腹部を刺した時点ではまだ引き返せた。けど犯人は、確実に息の音を止めることを選んだ」

血が飛び散るところを想像してしまい、雨音は気分が悪くなって椅子の背にもたれた。

「何度も言うけど、返り血を浴びてないチャズが逮捕されたのはどう考えてもおかしいでしょ」

フィオナが顔を上げ、不満げに唇を尖《とが》らせる。

「ビニール製のレインコートや手術着を着れば返り血は回避できる」

「その血だらけのレインコートだか手術着だかはどこにあるのよ？」

「そう突っかかるな。捜査をする立場としては、あらゆる可能性を排除しないって話だ」

フィオナとワイアットのやりとりを聞き流し、雨音はダンテのインスタの女性チェックを再開した。四ヶ月前まで遡ったところで、パーティの写真の中に見覚えのある顔を見つけて手を止める。

「この女性……どこかで見たような」

「どれどれ？　この人？」

ダンテの隣はラモーナ、ラモーナの隣に長身の黒髪美人が笑顔で収まっている。

ラモーナよりも少し年上で、ダンテ好みのタイプとは少し雰囲気が違うが、目力が強くて魅力的な女性だ。

二枚目はラモーナとその女性のツーショット、三枚目はテーブルの向こうでラモーナとその女性が談笑するところ。

三枚目の写真を見た瞬間、雨音はダンテの黒髪美人に対する特別な感情を嗅ぎ取った。

ダンテは明らかに黒髪の女性に焦点を当てている。写真の構図は黒髪美人が主役でラモーナは脇役、ラモーナの写りはいまいちで黒髪美人は完璧。

特別な感情を抱いているのはダンテだけではない。黒髪美人のつややかな眼差《まなざ》しは、カメラを通してダンテを誘惑しており――。

彼女の瞳に記憶がよみがえり、雨音はラモーナのインスタのアカウントを開いた。

「確か個人宅の出張レッスンの写真で見たんだ……そう、これ」

日付は八ヶ月前、ラモーナと彼女がヨガ用のマットの上でポーズを取る写真。髪型も違うし角度もやや横向きだが、パーティの黒髪美人に間違いない。

「〝今日はハモンド家に出張レッスン！　アシュリーとたっぷり二時間汗を流しました〟」

フィオナがキャプションを読み上げると同時に、雨音はアシュリー・ハモンドの名前を検索した。

「インスタのアカウント、本名でやってる」

「どうしてこの女性が気になるんだ？　ラモーナの顧客だから？」

ワイアットに訊かれ、雨音は視線を左右に泳がせた。

「上手《うま》く説明できないんだけど、ダンテはアシュリーに好意を持ってたと思うんだ。写真の撮り方が……」

「写真の撮り方？」

「刑事のあなたに根拠のない主観的な意見は言いづらいんだけど」

「いいから言ってくれ」

ワイアットに促され、どう言えば論理的に聞こえるだろうかと考えつつ口を開く。

「複数の女性を撮るとき、ダンテは自分の好みの女性をフォーカスしてる気がするんだ。これ見て。ラモーナそっちのけで彼女に目を向けてる感じがしない？　彼女のほうもそれに気づいてて、カメラのレンズを通してダンテを見つめ返してるような」

「……なるほど。言われてみれば確かに、ふたりの写りに差があるな」

「だけど彼女、既婚者じゃん」

フィオナが黒髪美人の左手の薬指を指し示す。

「既婚者？　あ、ほんとだ」

画面をスクロールしていくと、アシュリーは半年前に〝三回目の結婚記念日〟とキャプションを付けた仲睦《なかむつ》まじげな夫婦の写真を上げていた。夫はダンテと同世代か少し年上だろうか。良く言えば優しそうな、正直に言えば冴《さ》えないルックスの男性で——。

「ちょっと待って。私この男の人見たことある！」

フィオナが突然椅子をがたんと鳴らして立ち上がったので、雨音とワイアットは驚いて彼女を見やった。

「え？　アシュリーの夫を？　どこで？」

「うちのアパート。じゃなくて、正確にはアパートの向かいのビル。三階のテナントが空き部屋で、先月頃からこの男性がちょくちょく出入りするようになって。私の部屋三階だからよく見えるんだよね。ふと窓の外を見るとこの男性と目が合ったりして、なんか覗《のぞ》かれてるみたいで気持ち悪くて、この人が来てるときはカーテン閉め切ってた」

ワイアットと目を見合わせ、雨音はごくりと唾を飲み込んだ。

「……証拠はないし、すごく飛躍した考えかもしれないけど、パーティでラモーナを介して出会ったアシュリーとダンテが不倫関係になって、それに気づいた夫が向かいのビルから店を見張ってた？」

「キャプテンに電話する。俺は署に戻るが、引き続きダンテとアシュリーの関係を調べてくれ」

「SNSじゃなくてダンテのパソコンの写真フォルダに何かありそう。僕も行っていい?」

「ああ、キャプテンもNOとは言わないだろ。フィオナにも来てもらったほうがいいかもな。アシュリーの夫を見たという証言が必要になるかもしれん」

「いいよ。今からあのアパートに帰るのなんか怖くなってきたところだし」

ワイアットがキャプテンに電話をかけ、雨音は急いでテーブルの上を片付けた。

(長丁場になりそうだし、夜食用にこれ持っていこう)

残っていたサンドイッチをアルミホイルで包み、シリアルバーとチョコレートもバッグに詰め込む。今夜事件が解決するかもしれないと思うと、不謹慎ながら高揚感が込み上げてきた。

「事件の担当者がまだ署に残ってるって。急ごう」

「行こう行こう、レッツゴー!」

ワイアットの呼びかけに、フィオナが拳を振り上げる。今度こそ解決しますようにと願いながら、雨音もふたりに続いて部屋をあとにした。

6

「これで事件はすべて解決ね」

マデリンの言葉に、ジェイクが「そう願いたいね」と微笑む。

犯人が捕まって心の底からほっとしているのに、どこか名残惜しいような、複雑な気持ちだった。

ジェイクと私は、また刑事と図書館司書という接点のない間柄に戻ってしまうのかしら？

お互い何か約束したわけではない。事件を追うジェイクと事件に巻き込まれた私の人生が偶然交錯し、心と体が惹《ひ》かれ合って結ばれたけれど、ただそれだけのこと。

「事件がすべて解決したら、きみに言おうと思ってたんだ」

「何？」

「またデートに誘ってもいいかな。その、正式な恋人候補として」

キーボードの横のマグカップを手に取り、すっかり冷めてしまった紅茶をひとくち飲む。

書きかけの原稿を眺め、雨音は眉根を寄せた。

原稿は順調で、ストーリーの終盤まで来ている。書き始めた当初は刑事のヒーローなんて自分に書けるだろうかと不安だったが、なかなかうまく書けているのではないか。

(これって身近にワイアットというモデルがいたからこそ、だよね)

あからさまにモデルにするのはやめようと思いつつも、執筆中に脳裏に浮かぶヒーローはどうしてもワイアットの姿になってしまった。ワイアットの挙動、話し方や癖、知らず知らずのうちにジェイクに色濃く反映されており――。

もしワイアットがこれを読んだらどう思うだろう。

ジェイクは自分をモデルにしていることに、すぐに気づくに違いない。実際モデルにしているわけで、それを後ろめたく思うのは、本人に申告せず黙って書き進めているからか。

(そろそろ打ち明けるべき?)

モデルの件だけでなく、ロマンス小説家であることも。

ロマンス小説を書いていることは雨音の核の部分だ。今の自分のアイデンティティの中心と言っていい。それを伏せたまま恋人同士になるのは、どう考えてもフェアじゃない。

(よし、書き上がったら打ち明けよう)

そう決めて書きかけの原稿に戻り、キーボードを叩《たた》く。

しばらくの間作品の世界に没頭していた雨音は、インターフォンの音に現実に呼び戻された。

――土曜日の正午。いつのまにか約束の時間が来ていたことに気づき、玄関へ急ぐ。

いよいよお泊まりデートの始まりだ。心待ちにしていたような今すぐ中止したいような、この期に及んでどっちつかずの気持ちではあるが。

（今更あれこれ考えても仕方ない！　自分で決めて誘ったんだから！）

モニターでワイアットの姿を確認し、大きく息を吐いてオートロックを解除する。まもなく外廊下から足音が聞こえてきたので、緊張を吹き飛ばすように勢いよくドアを開けた。

「俺がノックするまでドアを開けちゃだめだろう」

ワイアットに苦言を呈され、はっとする。

そうだった。ダンテの事件に気を取られてうっかりしていたが、メビウスの脅威が完全になくなったわけではないのだ。

「足音でわかったから……そうだね、気をつける」

もごもごと呟き、くるりと背を向ける。ロマンティックな幕開けにはならなかったが、いきなりハグされて狼狽えるよりましだと思うことにした。

「すぐランチにする？　準備できてるけど」

「ああ、そうしよう」

感心なことに、ワイアットが自主的にバスルームへ行って手を洗う。

オーブンからほうれん草とベーコンのキッシュを取り出してローストビーフのサラダと並べていると、ワイアットが「美味そうだ」と言いながらやってきた。

「何飲む？」

「ソーダかアイスティをもらえるかな。ちなみに俺はアルコールはなるべく飲まないようにしてる。だが俺が飲まないからと言って遠慮することはない」

「了解。僕も酔いやすい体質だから普段はあんまり飲まないんだ」

冷えたソーダを注《そそ》いだグラスを運び、ワイアットの向かいに着席する。

「さっそくだけど、どうなったの？　犯人は捕まった？」

事件の顚末《てんまつ》を知りたくて、雨音は身を乗り出した。

ソーダをひとくち飲んでから、ワイアットが首を横に振る。

——結論から言えば、雨音の勘は当たっていた。ダンテのパソコンから、アシュリーとの親密な関係を示す写真が山ほど出てきたのだ。

アシュリーの夫、イーサン・ハモンドはハリウッドのタレントエージェンシーの社長で、アシュリーは彼の会社に所属する女優だった。女優としては芽が出ず結婚を機に引退、やがて美容系インフルエンサーとして名前を知られるようになる。

個人トレーナーのラモーナを介してダンテと出会ったアシュリーは、火遊びのつもりがずるずると関係を続け、先月ついに夫に浮気がばれてしまった。妻の浮気を疑ったイーサンが、探偵を雇ってダンテとの逢瀬《おうせ》を突きとめたのだ。

その後、イーサンは古着屋の向かいのビルの空きテナントを借りている。ダンテに制裁を加えようと機会を窺《うかが》っていたのだろう。

一方アシュリーは、事件の二週間ほど前に家を出てホテル暮らしをしていた。ほとぼりが冷めるまで距離を置き、離婚についての話し合いをするつもりで。

ダンテが殺されたニュースを目にしたとき、おそらくアシュリーの脳裏に夫の顔がよぎったはずだ。しかし警察に通報せずだんまりを決め込んだのは、夫を恐れてのことか、あるいは世間体を考えてのことか。

逮捕状を携えた警察が向かったところ、ハモンド邸はもぬけの殻だった。邸内を隈《くま》なく捜索して庭に埋められた凶器のナイフを発見、イーサン・ハモンドを指名手配中。

「給油所やコンビニの防犯カメラに映ってたし、まもなく捕まるだろう」

「だといいんだけど。とにかくチャズの容疑が晴れてほっとしたよ。チャズの逮捕以来、フィオナが憔悴しきってたから」

「事件の話はここまでだ。午後はどうする？　何かやりたいことは？」

ワイアットの質問に、雨音は口ごもった。

今夜は外食することになっており、七時にレストランを予約している。それまでの時間をどう過ごすか、恋愛初心者にとってはこれも悩ましい問題だ。

フォークを置き、雨音は自分の考えを告げることにした。

「あのさ、今回のお泊まり体験会は、僕たちがうまくやっていけるかどうか試す機会だと思ってて。ほら、僕はちょっと、他人との接触が苦手だったりいろいろあるから」

「ああ、俺もそのつもりで来てる」

ワイアットの言葉に、雨音は少し緊張を緩めた。

ワイアットのこういうところが好きだ。雨音の厄介な部分に、嫌な顔をせずつき合ってくれるところ。

「僕が一方的にジャッジする場だとは思っていない。あなたも僕と一緒にいることに息苦しさを感じるかも。そういうのは遠慮したり我慢したりせずはっきり言って欲しい」

「了解。俺にもガンガン言ってくれ。直せるところは直すから」

ふっと息をついて、雨音は姿勢を正した。

「あなたと一緒にいるのは楽しいと思ってる。だけど同じくらい緊張もする。僕はずっとひとりで過ごしてきたから他人との距離感がいまいちよくわからないし。距離感と言えば僕のパーソナルスペースはかなり広いし、空間だけじゃなくひとりの時間もそれなりに必要なタイプで」

早口でまくし立てると、ワイアットが笑みを浮かべた。

「俺は軍にいたから四六時中誰かと一緒にいるのに慣れてるほうだけど、そういう環境にいたからこそ、ひとりの時間の必要性も重々承知してる」

「ちなみに、あなたは恋人とは四六時中一緒にいたいタイプ？」

「そうでもないな。恋愛中だからって恋愛だけにのめり込みたくないし、まずは自立した個人でありたい。そのほうが相手に依存せずいい関係を築けると思うから」

ワイアットの考えを聞いてほっとし、雨音はソーダを呷《あお》った。

「まずは午後の過ごし方なんだけど、普通は一緒に出かけたり映画を観《み》たりするんだろうけど、それぞれやりたいことをするってのはどう？」

「賛成だ。実は見たい野球の試合がある」

「僕はちょっと原稿が遅れ気味だから寝室で仕事する。イヤホンで音楽聴きながら書くから、声出して応援していいよ。キッチンにあるものも適当にどうぞ」

「三時くらいに一緒にお茶にしよう」

「わかった。三時にダイニングに集合ね」

ワイアットと顔を見合わせて笑い、雨音は自分がいつのまにかすっかりリラックスしていたことに気づいた。

（もしかして、僕にとってワイアットって〝一緒にいてリラックスできる男〟になりつつある？）

フィオナも今頃チャズと一緒に過ごしていることだろう。

『ほんとにありがとう！　雨音がダンテとアシュリーの関係に気づいてくれたおかげだよ』

フィオナにがっつりハグされたときのことを思い出し、くすぐったいような思いが込み上げてくる。ちなみにチャズも『よう兄弟！　俺の命の恩人！』と言いながら雨音をハグしようとしたのだが、そちらは丁重に辞退させていただいた。

シャワーのコックを閉めて、深く息を吸い込む。ふかふかのタオルに顔を埋め、雨音はためていた息を盛大に吐き出した。

時刻は夜の十一時。先にシャワーを浴びたワイアットはテレビでも見ているだろうか、それともベッドで待っているのだろうか。

(一緒のベッドで寝るからって必ずしもしなきゃいけないわけじゃないし!)

セックスも込みのお試し期間だと思ってはいるが、できるかできないかはその場になってみないとわからない。

レストランからの帰り道、ワイアットにもそれとなく伝えてはあるのだが……。

(ここまでいい感じにやれてるし、あまり気負わず成り行きに任せよう)

そう考えると少し気が楽になり、丁寧に髪を乾かしていつも通り肌の手入れをしてからナイトガウンをまとう。

つややかなサテンのナイトガウンは肌触りがよくて気に入っているのだが、鏡に映った姿を見て、雨音はパジャマに着替えることにした。

このナイトガウンをお披露目するのは時期尚早だ。ワイアットがどう思うかではなく、着ている自分が落ち着かない。

バスルームから出ると、間接照明のほのかな明かりのリビングで、ワイアットはソファに座ってテレビのニュースを眺めていた。

白いTシャツにグレーのジョガーパンツ、どうということのない格好なのに、逞《たくま》しい体の輪郭がくっきり浮かび上がってやけにセクシーに見えてしまう。

「もしかしてイーサン・ハモンドが見つかった？」

「いや、まだだ。今この番組で知ったんだが、イーサンのタレントエージェンシーには有名な俳優が何人かいて、ゴシップサイトでかなり話題になってるらしい」

「俳優さんにとってはとんだとばっちりだね」

「どうかな。ハリウッドはいかなる理由であれ、とにかく話題になった者勝ちってところがあるから」

言いながらワイアットがテレビを消し、部屋がしんと静寂に包まれる。少し間を空けてワイアットの隣に座り、雨音は宙を見上げた。

ふたりで別々に過ごした午後は、思っていたより悪くなかった。隣の部屋から時折ワイアットの叫び声や拍手が聞こえてきて、これまでだったらうるさいとしか思えなかっただろうに、なぜか気にならなかった。

仕事をしながら三時のコーヒーブレイクが待ち遠しくなり、コーヒーブレイクが終わると夕食が楽しみになり、いつもより仕事がはかどった気がする。

　ワイアットが予約してくれた日本料理のレストランも大満足だった。今夜のためにネットや同僚から情報を収集して選んでくれたらしい。

　ここまですべてが順調に進んでいる。寝室に移動してからもうまくいきそうな予感がして、雨音はぶるっと背筋を震わせた。

「そろそろ寝ようか」

「そうだね」

　ぎくしゃくと立ち上がり、先に寝室へ向かう。

　背後からやってきたワイアットがドアを閉めた瞬間、雨音は全身が緊張の縄でぐるぐる巻きにされるのを感じた。

（……意識しちゃだめだ、リラックス！）

　そう自分に言い聞かせるが、言い聞かせている時点で意識しまくりだということもわかっている。

「どっち側で寝たらいい？　右か左か」

「えっと……いつも真ん中で寝てるから、どっちでも」

「じゃあこっち側で」

　ブランケットを持ち上げ、ワイアットが左側にごろりと横になる。

雨音もおずおずとベッドの右側へ歩み寄り、ルームサンダルを脱いでシーツに体を横たえた。ベッドはダブルサイズなので、普通に寝ていれば体が触れることもない。いや、寝返りを打ったりすれば多少は触れ合うかもしれないが、別に性的な接触ではないので気にする必要はない。

ワイアットと並んで仰向《あおむ》けになり、雨音はどうすべきか高速で頭を回転させた。

お試し期間中に、薬なしでセックスできるかどうか試すべきだ。それはよくわかっている。

ワイアットは遠慮して手を出してこないだろうから、ここは自分から誘うべきだろう。

意を決し、雨音はワイアットのほうへ体を向けた。

ワイアットがこちらを見やり、薄闇の中で榛色《はしばみいろ》の瞳と視線が絡み合う。

「…………」

そっと手を伸ばし、ワイアットの肩に触れる。

ワイアットも寝返りを打って、雨音の髪に手を伸ばしてきた。

「……っ！」

触れられた瞬間、全身に電流が走る。

これはいい兆候だ。体がワイアットの愛撫《あいぶ》に反応して、欲望の炎が揺らめき始めている。

このままリラックスして、流れに身を任せるのだ。そう、流れに身を……。

(まずはキスだな、キスが上手くいったら次は?)

あれこれ考えているうちにことが進んでいく。体を起こしたワイアットが覆い被《かぶ》さってきて、そっと唇に唇を重ねた。

ワイアットの熱い舌が、遠慮がちに唇を割って口腔《こうこう》内へ入ってくる。雨音もキスに応えようと、ワイアットの舌に舌を絡めた。

唾液と粘膜が触れ合う奇妙な感覚。不快ではないが、慣れるのに時間がかかりそうだ。目を閉じて身を委ねているうちに、気持ちいいような感覚も生じてくる。

（大丈夫、怖くない。一度はできたんだし）

そう自分に言い聞かせていると、大きな手がパジャマの襟元に触れてきた。

ワイアットの指が、ゆっくりとボタンを外していく。露《あら》わになった胸板を、硬くてざらついた手のひらが撫《な》で下ろし……。

「——‼」

ワイアットの手が臍《へそ》を通過した瞬間、雨音はがばっと起き上がった。

ベッドから飛び出し、パジャマの前をかき合わせて「ちょっと待って」とくり返す。

「すまん、急ぎすぎたかな」

「そっ、そうだね。いや、あなたのせいじゃない。これは僕の問題で、あなたは悪くないから！」

必死で言い繕い、「ちょっと水飲んでくる！」と寝室を飛び出す。

キッチンで水をがぶ飲みしていると、寝室からワイアットが出てくる気配がした。

「俺はソファで寝るよ」

振り返って、急いで「いや、それはだめ」と主張する。

「ベッドで一緒に寝よう。ただし……」

「ああ、セックスはなし、ただ一緒に寝るだけ、だな？」

こくこくと頷き、雨音はシンクにグラスを置いた。

「誤解しないで欲しいんだ。あなたのことが好きだし、恋人同士になりたいと思ってる。ちょっと時間はかかるかもしれないけど」

「それ聞いて安心したよ。焦らなくていいさ。人生は長いんだし」

ワイアットの言葉が、すっと胸に染み込んでいく。面倒で厄介でなかなか素直になれない頑固者だという自覚はあるが、彼の前では常に素直でありたい。

寝室に戻って並んでベッドに横たわり、雨音は小さく息を吐いて天井を見上げた。

何が自分をこんなに臆病にしているのだろう。何がワイアットとの関係を進める上での障壁となっているのだろう。

（……ワイアットに隠し事をしてるから？）

ロマンス小説を書いていることを打ち明けたら、心が軽くなって事態がいい方向に進むのではないか。

大丈夫、ワイアットはきっと受け入れてくれる。万が一否定されたら――そんなことはないと信じたいが――そうなってから考えればいい。

「ワイアット！　ちょっと話があるんだけど！」

がばっと起き上がって、雨音はシーツの上に正座した。

「なんだ？　なんだか聞くのが怖いな」

ワイアットも起き上がり、胡座《あぐら》をかく。

「悪い話じゃないよ。いや、どうかな。僕が何を書いてるかって話なんだけど」

前置きが長くなると言い出しにくくなりそうで、雨音は早口で「ロマンス小説って知ってる？」と付け加えた。

「もちろん知ってる。読んだことはないが」

「僕が書いてるのはそれなんだ」

「ああ、やっぱりそうか」

ワイアットの返事に、思わず「えっ？」と声が出てしまう。

「俺は刑事だぞ？　本棚を見ればだいたい察しは付くさ」

本棚を見られていたとは思わなかった。自著及びロマンス小説はクローゼットの中に隠しているのだが、ロマンティックサスペンスはミステリ小説と一緒に棚に並べている。興味のない人にとっては、ロマサスとミステリの違いなどわからないだろうと思っていたのだが。

「ミステリ作家だとは思わなかった？　本棚の八割はミステリ小説なんだけど」

「ミステリ作家なら頑《かたく》なに隠そうとしないだろう？　きみが女装するときの服も、なんていうか非現実的なロマンティック路線だし、現実の男は嫌いって感じだし、だからそうかなと」

甘々ガーリー系の服を非現実的と言われて苦笑するしかないが、確かにお伽話《とぎばなし》のプリンセスをイメージした服をチョイスしていた。ロマンス小説を書いているからといって、王子さまや甘い恋愛を望んでいるわけではないことを理解してくれているのもありがたい。

「……そっか。気づいてたんだ」

「さすがにきみのペンネームまでは特定できてないけどな。教えてくれる？」

「ラナ・カーク。もうひとつ告白しなきゃならないんだけど、今書いてる原稿のヒーロー、ちょっとあなたに似ちゃったかもしれない。もちろん個人が特定できないように配慮はしてるし、あなたが嫌だと思うなら書き換えるけど」

「俺をモデルにしたってこと？　それは光栄だ」

ワイアットの屈託のない笑顔に、雨音は強《こわ》ばっていた体が解《ほぐ》れていくのを感じた。

ワイアットが拒否反応を示さなかったことにほっとする。男がロマンス小説を書くことについてあれこれ言わず、しかも勝手にモデルにした件を怒らずにいてくれた。

「言っとくけど、ヒロインは僕をモデルにしたわけじゃないから。ヒロインはあくまでロマンス小説内での僕の理想像っていうか」

これについてはもう少し力説したいところだが、今はその元気がない。くれぐれも誤解のないように、原稿を渡す前に改めて説明することにしよう。

「……言ったらなんか肩の荷が下りた」

もぞもぞと身じろぎして、ベッドに横になる。ワイアットの「書き上がったら読ませてくれる?」という質問に、雨音は小さく頷いた。

「それとは別に、これまで書いた本もあるんだろう?」

「……まだ三冊だけだけどね」

過去の著作を読まれるのも気恥ずかしいが、今書いている原稿を読まれる恥ずかしさに比べればましだと思うことにする。

「読むのが楽しみだ。おやすみ」

ワイアットも、ブランケットをまくり上げてシーツに体を横たえた。

(セックスは急がなくて大丈夫、焦らない焦らない)

考えてみたら、まだお泊まりデートの第一回ではないか。秘密を打ち明け、ワイアットも受け入れてくれたので、今夜は安眠できそうだ——。

目を閉じた瞬間、猛烈な眠気が襲いかかってくる。

ワイアットを蹴らないように寝相に気をつけよう、などと考えているうちに、雨音は深い眠りに落ちていった。

耳元で蜂の羽音が低く唸《うな》っている。

(……蜂?)

蜂がここにいるわけがない。音の正体を確かめようと、雨音は重い瞼を持ち上げた。

目を開けて寝返りを打ち、音の正体に気づいて苦笑する。

(ワイアットの鼾《いびき》か)

うるさくて眠れないというほどではないが、幼少期以来他人と同衾《どうきん》したことがないので慣れるまで少し時間がかかりそうだ。

そう考えて数秒後、自分が他人のそばで眠っていたことに改めて驚いてしまう。

睡眠中、人間は完全に無防備な状態を余儀なくされる。誰かに何かされても、目を覚ますまで抵抗すらできないのだ。そんな状況でぐっすり眠っていたなんて、いつのまにか自分はワイアットに全幅の信頼を寄せていたらしい。

薄闇の中、仰向けで熟睡しているワイアットの横顔を見やる。起きているときはなかなかこんなふうに凝視できないので、この機会にじっくり眺めるとしよう。

秀でた額、高い鼻梁《びりょう》、がっちりと強そうな顎。自分の好みとはまったく違うタイプだったのに、今ではこの顔を好ましく思っているのだから不思議なものだ。

穴が空くほど見つめてから、寝返りを打って仰向けになる。

一緒に眠る人がいるというのも、悪くないかもしれない――。

そんなことを考えながら再び眠りに落ちかけたところで、今度は金属を擦るような音が聞こえてきて薄目を開けた。

(今度は何？)

音は部屋の外から聞こえてくるような気がする。隣か向かいの部屋の住人が物音を立てているのだろうか。

隣人の女性は日頃は静かに暮らしているが、月に一、二回夜遊びに出かけている。帰宅してシャワーでも浴びているのかもしれない。

そう考えて目を閉じたところで更に別の音が聞こえてきて、雨音はブランケットの下でびくりと体を強ばらせた。

――誰かが玄関のドアノブをがちゃがちゃまわしている。

メビウスに押し入られたときの恐怖がありありとよみがえり、雨音は漏れそうになった悲鳴を両手で押さえた。

(まさか、あいつが戻ってきた⁉)

メビウスは今刑務所に収監されているはずだ。だが誰かに雨音を襲うよう依頼したかもしれないし、あるいはメビウス本人がなんらかの方法で脱獄した可能性も……。

「ワイアット！　起きて！」

　声を潜め、雨音はワイアットの肩を揺すった。

「……ん？　どうした？」

「誰かがドアノブをまわしてる」

　さすが刑事、雨音のただならぬ様子に瞬時に状況を把握したらしい。さっと起き上がってベッドから出ると、「きみはここにいるんだ。すぐ通報できるよう準備して」と言い置いて寝室をあとにした。

「ちょっと待って、丸腰じゃ危ないって！」

　急いでベッドから出て追いかけようとするが、ワイアットと違って体が思うように動かない。寝起きの上に、深夜に何者かが部屋に侵入しようとしていることへの恐怖が体を竦《すく》ませ――。

（びびるな！　何か武器になるものがあるはず！）

　もつれる足でキッチンへ急ぎ、いちばん大きい包丁を取り出して握る。顔を上げると、ワイアットがフライパンを手に玄関のドアへ近づいているところだった。

「寝室に戻るんだ！」

「そうはいかないよ！」

　小声でワイアットと押し問答をしていると、ドアの向こうから男のくぐもった声が聞こえてくる。耳を澄ますと、何やら悪態をついているのがわかった。

「くそっ！　なんで開かないんだ！　鍵まで俺を馬鹿にしてんのか⁉」

メビウスの声とは違う。まさか、イーサン・ハモンドがうちを突き止めて襲いに来たのだろうか。

冷静に考えればそんなことはあり得ないのに、パニックになった頭が突拍子もないことを考えて雨音を動揺させた。包丁を手に震えながら突っ立っていると、ドアスコープを覗いたワイアットが振り返って「下がって」と短く告げる。

「――‼」

ワイアットが勢いよくドアを開け、ドアの前にいた男が「うあっ⁉」と叫びながら尻餅をついた。

何が起こっているのか理解できないまま、茫然《ぼうぜん》と立ち尽くす。数秒後、はっと気づいたときには男はワイアットによって床に組み伏せられていた。

「放せ！　おまえ誰ら⁉　なんれ俺の部屋にいるんらよ⁉」

ワイアットに押さえつけられた若い男が、じたばたともがきながら叫ぶ。呂律《ろれつ》がまわらないほど泥酔しており、どうやらここを自分の部屋だと思い込んでいるらしい。

「もしかして下の階の人？」

男の顔に見覚えがあることに気づき、雨音はテーブルに包丁を置いて尋ねた。

「ああ？　下の階ってなんらあ？」

「この部屋は5Cです。あなたの部屋番号は？」

「4！　C！」

何が可笑《おか》しいのか、男がゲラゲラ笑い始める。

「つまり酔っ払って階を間違えたってことか。まったく、人騒がせな」

ワイアットが拘束を緩め、床に落ちていた鍵を拾い上げた。男は床に大の字になって歌まで歌い始める始末で、同じフロアの住人を起こしてしまうのではないかと冷や冷やする。

「ちょっとこいつを下の階まで運んで寝かせてくるよ」

「僕も一緒に行く」

幸い男は、ワイアットが腕を引っ張るとなんとか自力で立ち上がることができた。酔っ払い男に触れるのは無理なので、肩を貸して歩くワイアットの後ろからおそるおそるついていく。

四階にたどり着いて男の部屋の鍵を開けると、籠もった臭いがむっと押し寄せてきた。明かりをつけ、乱雑な室内をなるべく見ないようにして寝室へ先導する。

「大丈夫か？」

男をベッドに座らせ、ワイアットが肩を叩いて尋ねる。少し酔いが覚めたらしく、男はワイアットと雨音の顔を見上げて怪訝そうな表情を浮かべた。

「あ？　ああ……水を一杯もらえるかな」

「持ってくる」

キッチンへ急ぎ、汚れ物だらけのシンクに顔をしかめつつ、雨音は冷蔵庫からミネラルウォーターのボトルを取り出した。

「すまない、なんか迷惑かけちまったみたいだな。飲み過ぎちゃって、なんかよく覚えてないんだけど」

「大丈夫だ。水を飲んだらゆっくり休め。鍵は郵便受けに入れておく。いいな?」

ボトルの水を飲んで、男がこくこくと頷く。男がベッドに横になると、ワイアットがスニーカーを脱がせ、ジーンズのベルトを外して引き抜いた。

甲斐甲斐《かいがい》しく世話するワイアットの姿に、思わず嫉妬めいた感情が芽生えてしまう。酔っ払いの靴を脱がせ、体を締め付けているものを外すというだけなのに、他の男にそれをしているのが面白くない。

あっというまに眠りに落ちた男を見下ろし、ワイアットが「この程度なら付き添わなくても大丈夫だろう」と呟いた。

「目が覚めたらひどい二日酔いだろうけどね」

小声で言って、くるりと踵を返す。急ぎ足で自分の部屋に戻ると、雨音は入念に手を洗った。

せっかくのお泊まりデートを酔っ払いに邪魔され腹立たしい思いと、メビウスやイーサンでなくてよかったという安堵《あんど》の気持ちが絡まり合っている。

ワイアットがいてくれて本当によかった。そして彼が無事で本当によかった。

自分ひとりだったら……まあ管理人と警察に即通報していただろうから結果的には無事だったのだろうが、それでもワイアットと一緒だった心強さは得られない。

後ろからやってきたワイアットが雨音と入れ替わりに手を洗い、「とんだお泊まりデートになったな」と笑う。

振り返ってその背中を見つめ、雨音はふいに体の奥底に奇妙な衝動が湧き出すのを感じた。衝動と言うより切迫した欲望と言ったほうがいいかもしれない。いつもだったらブレーキがかかるのに、深夜のせいか妙に開放的な気分になり、心のままにワイアットの背中にしがみつく。

「どうした？」

タオルで手を拭いていたワイアットが、驚いたように振り返る。

「ちょっと……よくわかんないんだけど」

「そうか。怖い思いをしたもんな。おいで」

ワイアットが体をこちらに向け、正面から抱き締めてくれた。

厚い胸板に頬を擦り寄せて、心と体が熱く蕩《とろ》けていくのを感じる。

――これだ、この感覚。切なくて胸が苦しいようなこの気持ちこそが、誰かとひとつになりたいときのサインなのだ。

「あのさ……今ならできそう」

蚊の鳴くような声で告げると、ワイアットに体を引き離された。

「雨音、きみは今ちょっと気が動転してるんだ」

「確かにそうかも。だけど今こうなってるのも事実で」

あとから思い返すと恥ずかしさのあまり叫び出したくなるのだが、このときの自分はどうかしていたのだろう。ワイアットの背中に手をまわし、パジャマの下で兆し始めたペニスを彼の体に擦りつけ……。

破廉恥な行為は、充分な効果をもたらしたようだった。低く呻《うめ》いたワイアットに力強く抱き締められ、彼の体も急速に兆し始めたことが伝わってくる。

「きみが弱ってるときにつけ込むような真似《まね》はしたくない」

雨音を抱き締めたまま、ワイアットが苦しげに声を絞り出す。この期に及んで紳士であろうとするワイアットに、雨音はどう言えばわかってくれるのだろうと地団駄を踏んだ。

「弱ってるわけじゃない。今しないと次にいつガードが緩むかわかんないし！」

「……何かきっかけがないとガードが緩まないんだ。僕の体は自分で思ってるより頑なで、何かきっかけがないとガードが緩まないんだ。」

言い終わるか終わらないかのタイミングで、ワイアットに抱き上げられて息を呑む。

くらくらと目眩《めまい》を感じた数秒後、ベッドの上にそっと下ろされ――。

官能的なキスのあと、ワイアットが唇を重ねたまま「だめだと思ったらストップをかけてくれ」と囁《ささや》いた。

だめなわけがない。今のキスで、欲望に火がついて熱く燃え盛っている。

ワイアットがTシャツを脱ぎ捨て、雨音も急いでパジャマのボタンを外し、少々もたつきながらズボンを脚から引き抜いた。

「あの、ナイトテーブルの引き出しに、いろいろ用意してあるから」

初めてのとき破れてしまったので、大きいサイズのコンドームを買っておいたのだ。

「今日はちゃんと用意してきた」

ワイアットが唇の端を持ち上げるようにして笑い、ジョガーパンツのポケットからコンドームを取り出す。慌てて雨音も、ナイトテーブルの引き出しを開けて潤滑用のジェルを探した。

シェードランプのほのかな明かりの中、ボクサーブリーフ一枚の姿になったワイアットを直視できなくて、彼に背中を向ける。

(なんか始めるまでの手順が……準備するタイミングとか、難しくない？)

初めてのときはそれどころではなかったのだが、正気だとあれこれ気になって集中できなかった。潤滑ジェルを塗り込める作業も、ひとりのときは何も考えずにできるのに、ワイアットに見られるのが恥ずかしくてためらってしまう。

「どうした？　やめたくなった？」

「えっ？　いや、そうじゃなくて……っ」

「続けていいなら、これを脱がせていいかな」

腰骨の辺りを触られて、体がびくんと震える。お気に入りの白いビキニブリーフは雨音的には最強の勝負下着なのだが、ワイアットの目にはどう映っているのだろう。

ワイアットの視線に耐えられず、雨音は「準備があるからちょっとバスルーム」と言いながら潤滑ジェルのチューブを掲げてみせた。

「俺がやるよ。いや、俺にやらせてくれ」

「それはちょっと……っ」

どう断ろうか考えているうちに、チューブをひょいと奪い取られてしまう。

「待って、絶対無理！　永遠にだめってわけじゃなくて今はまだだめってことで、とにかくもう少し慣れてからにして！」

必死に訴えて、チューブを奪い返す。雨音の剣幕に、ワイアットも「ああ……そうだな、すまん」と素直に応じてくれた。

「最初から欲張っちゃだめだよな。先々の楽しみを取っておかないと」

「そういうこと」

頷いて、雨音はぎくしゃくとバスルームへ急いだ。ロマンティックな雰囲気とはほど遠い展開だが、ロマンス小説と違って現実はこういうものなのだと思うことにする。

（いやいや、まだ挽回《ばんかい》できる！　ベッドに入ってからロマンティックな雰囲気になればいいこと！）

己を奮い立たせ、雨音は入念な準備に取りかかった。

「……ん、あ、あ……っ！」

——十五分後。雨音は甘美な官能の渦の中にいた。キスと愛撫であっというまに上り詰め、下着を脱ぐ前に早々に射精してしまったことを除けば、滑り出しは上々だ。

潤滑ジェルの件でムードをぶち壊しにしてしまったのではと危惧していたが、杞憂《きゆう》に終わった。

ありがたいことに、ワイアットは雨音がいちいち気にするような些細《ささい》な事柄には無頓着だ。

刑事としての彼は些細な点も見逃さないのだろうが、プライベートではいい意味で鷹揚《おうよう》というか、いろいろ小うるさい性格の自分とは対照的というか。

「あ、あっ、ワイアット、もういいから……っ」

乳首を執拗《しつよう》に舐《な》められ、欲望は充分に漲《みなぎ》っている。太腿《ふともも》に当たっている硬く逞しいものを早く入れて欲しくて、雨音は無意識に体を擦り寄せた。

「もういいから、何？」

笑いを含んだ声に意地悪な質問をされて、唇を尖らせる。

「それはもういいから、次の段階に進んでってこと！」

「もう少し具体的に聞きたいところだが、それはもう少し先の話だな」

そう言ってワイアットが体を起こし、雨音の腰を跨《また》いで膝立ちになった。雄々しくそそり立った男根がぶるんと揺れるさまに、慌てて視線をそらす。

本当はじっくり見たいし触ってみたい。今はまだ無理だが、そのうちできるようになるはず。

ワイアットがコンドームを装着している気配に、雨音は吐息を漏らした。

いよいよだ。媚《び》薬《やく》の助けを借りず、ワイアットと恋人同士になるために自ら望んだセックス。

「――雨音」

ワイアットが低く囁き、雨音も「ワイアット」と名前を口にする。

逞しい体が覆い被さってきたので、彼を受け入れようと脚を大きく広げた。

「……っ！」

窄《すぼ》まった蕾《つぼみ》に、大きな亀頭が押し当てられる。たちまち雨音の体は快楽の記憶をよみがえらせ、ぬかるんだ蜜壺《みつつぼ》がはしたなくうごめくのがわかった。

（うわ、なんか、最初のときより生々しいっていうか……っ）

媚薬で現実感がなかったときと違い、はっきり現実だとわかる。あのときは理性のたがが外れて淫らな言葉をたくさん口走ってしまったが、今回はああいう失態は防げそうだ。

「ひゃっ！」

その代わり、ワイアットが押し入ってきたとたんに色っぽくない声が漏れてしまう。

ワイアットがくすりと笑ってから真顔になり、「痛かったか？」と動きを止めた。

「いや、大丈夫。ちょっとびっくりして……」

「実は俺もちょっと緊張してる。最初のあれはイレギュラーな事態だったから、ああいう状況下にないときのきみに受け入れてもらえるか心配で」

「それは心配しなくていいよ。だって……」

言葉が見つからなくて口ごもってしまう。確かに薬でおかしくなっていたけれど、気持ちよかったしまたしたいと思っていた。

（ああもう、肝心なときに言葉が出てこない！）

もどかしくなって、ワイアットの首に手をまわしてキスする。

唇を押しつけるだけの拙いキスだったが、それは充分に効果を発揮し……。

「んん……っ」

雨音の唇を貪りながら、ワイアットが挿入を再開した。

狭い肛道《こうどう》を、大きく笠《かさ》を広げた亀頭が押し広げていく。媚肉を擦《こす》られる快感と太すぎるものを受け入れる痛みが交互にやってきて、やがて大好きな人とひとつになる悦《よろこ》びに飲み込まれていく。

「痛い？」

雨音の奥深くまで突き進んできたワイアットが、気遣わしげに尋ねた。

「ううん、もう大丈夫……っ」

その言葉に嘘《うそ》はない。もしかしたら痛みも含まれているのかもしれないが、繋がった場所から雨音が感じ取れるのは痺《しび》れるような快感だけだ。

「動いてもいいか?」

「ん……最初はゆっくりお願い、ああっ」

答えたとたん、ぐいと奥を突き上げられて嬌声《きょうせい》を上げる。

気持ちよすぎて長くは持たないかもしれない。先走りか射精の残滓《ざんし》かわからないが、鈴口から快感の露が溢《あふ》れていて——。

「すまん、ちょっともう限界かも……っ」

ワイアットも苦しげに声を上擦らせ、雨音の中でペニスをびくびくと震わせる。

「いいよ、僕ももういきそう、あ、あっ、あああ……!」

——二度目のセックスは、あっというまに終わってしまった。

考えてみたら自分は初心者、ワイアットも同性相手は初心者で、最初から上手くいくわけがないのだ。焦らずふたりで時間をかけて慣れていけばいい。何度も経験を重ねていくうちに、上手くできるようになるだろう——。

(時間的には短かったけど、ものすごく気持ちよかったし)

はあはあと息を喘《あえ》がせながら余韻に浸っていると、ワイアットが低く呻いた。

「今のはちょっと不本意な終わり方だった。言い訳させてもらうと、きみの中が気持ちよすぎて我慢できなかった。きみさえよければ二回戦に挑みたいんだが」

「……いいよ。ただし休憩してからね」

「次はお手柔らかに頼むよ」

「僕が猛者みたいな言い方じゃん」

「ああ、とんでもない猛者だ。締め付けがすごすぎて、腰が砕けそうになるくらいに」

くすくす笑いながら抱き寄せられ、雨音はその逞しい胸を拳で叩いた。

7

初夏の日差しがじりじりと降り注いでいる。ロサンゼルスは今日も陽気で活気に溢れ、騒々しく猥雑《わいざつ》だ。

黒いSUVの助手席を降り、雨音は周囲を見まわした。

商業地域と住宅街の境目といった感じだろうか。道の両側に集合住宅が建ち並び、一階に食料品店や飲食店が入っているビルもある。

車窓から町並みを見た限り、治安はよさそうだった。近くに大型スーパーもあるし、交通の便も悪くない。

運転席から降り立ったワイアットに、目を細めながら尋ねる。

「どのアパート?」

「あれだ」

ワイアットが指さしたのは、比較的新しい七階建てのビルだった。一階はフラワーショップとクリーニング店、すっきりと洒落たレイアウトで印象がいい。

昨日ワイアットから電話をもらい、いい物件を見つけたから一緒に見に行こうと誘われた。

雨音もここ数日でいくつか物件を見に行き、そのたびに失望させられてきた。なので正直あまり期待していなかったのだが、なんだかいい予感がする。

――お試し期間が終わり、ワイアットと正式な恋人同士になって一週間。

逃亡していたイーサン・ハモンドはネバダ州のモーテルに潜伏していたところを捕まり、執筆中だった雨音の原稿はアップし、ようやく平穏な生活が戻ってきたところだ。

ワイアットは相変わらず多忙で、今週会うのは二回目、三日前はランチだけの短時間デートだったが、今日はうちに泊まる予定になっている。

『きみの小説、読んだよ。とても興味深かった』

昨夜の電話を思い出し、じわっと頬が熱くなる。

『何その意味深な言い方。あ、ちょっと待って。感想は言わなくていい。あなたはロマンス小説の読者じゃないし、僕がこういうものを書いてるって事実を知っておいてくれればそれでいいから』

感想を聞きたくないというのは正直な気持ちだ。肯定的でも否定的でも、自分がワイアットの評価に振りまわされるのは目に見えている。

『了解。俺も本の感想を言うのは得意じゃない』

『よかった。あ、だけど警察の仕事とか捜査方法とかの描写でおかしなところがあったらそれは教えて』

『監修か。いいね。本に謝辞を書いてくれるなら』

ワイアットは冗談で言ったのかもしれないが、雨音は電話を切ったあと、謝辞をどう書くか考え込んでしまった。

これまで謝辞は、担当編集者のポーラにだけ簡潔に述べていた。まさか恋人への言葉が加わるなんて思いもしなかった。今まで小説を読む際に謝辞なんてほとんど見ていなかったので、手持ちのロマンス小説をすべて引っ張り出して読み耽り……。

(親愛なるワイアットへ。公私ともに支えてくれてありがとう、とか?)

いやいや、初っぱなからそれは重すぎる。もっとさらっとさりげなく、だけど感謝の気持ちが伝わる文章がいい。

(僕が、この僕が、自著に恋人への謝辞を載せる日が来るなんて)

もしかしたら、ワイアットと恋人になった実感は、彼への謝辞が掲載された本を手にしたときに訪れるのかもしれない。

お試し期間中は、セックスが正式な恋人へのゴールだと思っていた。確かにセックスは恋人同士の特別で大事なコミュニケーションだ。けれどそれも、ワイアットを信頼する気持ちがあってこそ。

この面倒で厄介な性格の自分を受け入れてくれるなんて、つくづくワイアットは心が広い人だと思う。

だが、いつまでもその寛大さに甘えるわけにはいかない。今の関係はワイアットが大いに譲歩してくれているから成り立っていることを自覚しなくては。

（僕が主導権を握って我を通し続けてたら、ワイアットもいつか耐えられなくなるだろうし）

まずは潔癖をほどほどにしよう、と自分に言い聞かせる。ワイアットの髭《ひげ》の剃《そ》り残しや靴底の汚れに執着しないこと。何かするたびにいちいち手を洗う癖も控えめにしたい。

「どうした、難しい顔して」

「えっ？　いや、なんでもないよ。ちょっと日差しが眩《まぶ》しくて」

急いで眉間の皺《しわ》を消し、眼鏡を押し上げる。ワイアットがオートロック式のエントランスで呼び鈴を鳴らすと、管理人らしき男性がドアを開けてくれた。

歳《とし》は六十くらいだろうか。身長も横幅もあり、眼光鋭い強面《こわもて》の男性だ。

「部屋の内覧をお願いしたケンプとフジムラです」

「ああ、不動産会社の人から聞いてます。管理人のコールターです」

ワイアットと管理人が軽く握手する。雨音にも手を差し出してくれたが、ワイアットが「すみません、彼は握手が苦手で」と断ってくれた。

「ご案内します」

管理人に続いて、エレベーターに乗り込む。

管理人にしては珍しく無愛想なタイプだが、大所帯のアパートなので管理人というより警備員的なポジションなのかもしれない。いろいろあったので、雨音としても愛想の良さより腕っ節の強い管理人のほうがありがたかった。

最上階の七階に到着すると、左右に廊下が延びていた。共用部分も明るく掃除が行き届いており、ますます好感度が上がっていく。

部屋は廊下のいちばん奥だった。管理人が鍵を開け、「帰るときに一階の管理室に寄ってひと声かけてください」と言い置いて立ち去る。

ドアを開けた雨音は、先ほど訪れたいい予感が当たったことを確信した。

「いいね。今まで見た物件の中でいちばんいい感じ」

「今きみが住んでる部屋より少し狭いが、最上階の角部屋ってのはいい条件だよな」

「そんなに狭いって感じしないよ。窓が大きいから解放感があるし。ああ、このキッチンすごく使いやすそう」

キッチンの設備をひととおり確かめ、バスルームのチェックをする。ワイアットは先に寝室に行って、クローゼットの中を覗いていた。

「決めた。ここにする」

雨音が出せる家賃で、これ以上条件のいい物件はないだろう。不動産会社に電話しようとスマホを取り出すと、ワイアットが「待った」とストップをかけた。

「実はきみに隠してたことがある。ちょっと来て」

「何？　なんかちょっと怖いんだけど」

ワイアットがにやりと笑い、玄関のドアを開けて廊下を挟んだ向かいの部屋を指し示す。

「俺が引っ越す予定の部屋」

「……え？　どういうこと？」

驚いて訊き返すと、ワイアットが「サプライズ成功だな」と笑った。

「いきなり同居するのは抵抗があるだろうから、まずはお向かいさんから始めないか？　これなら帰りが遅くなってもちょっと顔見に寄ったりできるだろう？　もちろん、きみさえよければの話だが」

「いいよ……！」

それ以上言葉が出てこなくて、雨音は思わずワイアットに抱きついた。

生活をともにするのは今はまだ無理だが、ワイアットとはちょくちょく会いたいと思っている。近所ならそれも可能で、しかもドアを開けて三歩の距離だ。

「早く不動産会社に電話しないと」

「きっときみも気に入るだろうと思って、両方とも仮押さえしてある」

「マジで？　至れり尽くせりだね」

「頼りになる恋人だと思って欲しいから、俺としても必死なんだ」

榛色の瞳に見つめられ、雨音は心が震えるのを感じた。こんな厄介な性格の男を受け入れてくれて、歩調を合わせてくれる。こんな最高の恋人、他にはいない。

「ちなみに俺の借りる部屋は寝室がふたつある。ルームシェアあるいは同棲《どうせい》に対応できるから、気が変わったら言ってくれ」

そう言って微笑んだワイアットに、雨音の中でぴくんとセンサーが作動した。

（……ちょっと待って。ワイアットって実は結構策士なんじゃない？）

いやいや、今回はたまたまそうなっただけだ。同棲を強要されてるわけじゃないし、ここは深読みせずに言葉通り受け取るべきだろう。

「さて、夕食まで時間があるし、よかったら家具屋につき合ってくれないかな。引っ越しを機にベッドを新調するつもりなんだ。カーテンなんかもきみの意見を聞きたいし」

「それは……構わないけど」

インテリアのアドバイスくらいなら、身構えることはない。

「よし、行こう」

差し出された大きな手のひらに、雨音は用心深く手を重ねた。

あとがき

こんにちは、神香《じんか》うららです。お手にとってくださってどうもありがとうございます。

昨年小説Ｃｈａｒａに掲載されたお話が、おかげさまで文庫になりました。雑誌掲載時にご感想や続編リクエストくださった皆さま、どうもありがとうございます！　もし続編を書く機会があったら〝一階のヴィンテージ古着屋〞で何か事件が起きる展開にしたいな……と考えていたので、こうして形にすることができて嬉しいです。

今回の主人公、藤村雨音《ふじむらあまね》はロマンス作家にしてホワイトハッカー、更に女装癖ありと盛りだくさんな設定です。しかも接触恐怖症、潔癖症で、本人もめんどくさい性格だと自覚あり。

対照的にワイアット・ケンプは裏表のないシンプルな性格ですが、決して単細胞ではありません。無遠慮なところもあるけれど鈍感ではなく、雨音が苛立ったりパニックになったりしてるときも隣で「まあ落ち着け」と穏やかに微笑んでくれる懐の広い男——と、作者である私は思っているのですが、読者の皆さまに伝わっていますでしょうか？

お試し期間の恋人から晴れて正式な恋人同士になったふたり、まだまだ紆余曲折がありそうですけど、大らかなワイアットが雨音のことをしっかり包み込んでくれることでしょう。

今回作中でやたら食べ物の話が出てきますが、これも書いていて楽しかったです。ネットでアメリカの中華デリバリーのメニューを探したり、日系スーパーの紹介動画を見たり。そういえば私、海外ドラマや洋画を観るときも食事シーンで料理をチェックするためによく一時停止してる……。私自身は料理があまり得意ではないので、料理上手な雨音の手料理を堪能できるワイアットが羨ましいです。

柳《やなぎ》ゆと先生、雑誌掲載時に続いて文庫でも素敵なイラストをどうもありがとうございました。ワイルド系ワイアットとツンな雨音の身長差！　体格差！　カバーの雨音の表情がめっちゃ可愛いです！

担当さま、雑誌掲載時も書き下ろしも大変お世話になりました。今書いているこのあとがきも期限ギリギリで、最後までバタバタとすみません……！

そして読んでくださった皆さま、どうもありがとうございます。またお目にかかれることを祈りつつ、このへんで失礼いたします。

この本を読んでのご意見、ご感想を編集部までお寄せください。

《あて先》〒141-8202　東京都品川区上大崎3-1-1　徳間書店　キャラ編集部気付
「事件現場はロマンスに満ちている」係

【読者アンケートフォーム】

QRコードより作品の感想・アンケートをお送り頂けます。

Chara公式サイト http://www.chara-info.net/

■初出一覧
ロマンスは事件現場に落ちている……小説Chara Vol.46
（2022年7月号増刊）※「ロマンス作家の嫌いな職業」改題
事件現場はロマンスに満ちている……書き下ろし

Chara

事件現場はロマンスに満ちている

……【キャラ文庫】

2023年5月31日 初刷

著者 神香うらら
発行者 松下俊也
発行所 株式会社徳間書店
〒141-8202 東京都品川区上大崎3-1-1
電話 049-293-5521（販売部）
03-5403-4348（編集部）
振替 00140-0-44392

印刷・製本 図書印刷株式会社
カバー・口絵 近代美術株式会社
デザイン モンマ蚕（ムシカゴグラフィクス）

ISBN978-4-19-901099-6

神香うららの本

好評発売中

「恋の吊り橋効果、試しませんか？」全3巻

イラスト✦北沢きょう

恋人のフリを幼馴染みに頼まれ、雪山の別荘に招待された雪都《ゆきと》。そこで、ジュリアンの兄で初恋の人・クレイトンと突然の再会!!　弟の恋人だと嘘をついたまま、傍にいるのは辛い――。そんな時、予想外の吹雪で別荘が孤立!!　殺人事件も起きてしまった!?　怯える招待客たちを安心させるため、クレイトンはFBI捜査官だと身分を明かす。驚く雪都だけれど、なぜか捜査の助手に指名されて!?

神香うららの本

好評発売中

「葡萄畑で蜜月を」

イラスト✦みずかねりょう

ひと一人通らない田舎道で、泥濘《ぬかるみ》に車が嵌って立ち往生!?　引っ越してきたばかりで、途方にくれるイラストレーターの寧緒《ねお》。そんな寧緒を助けたのは、ワイナリーを営む男カーターだ。彼は、人見知りの寧緒に、気さくに話しかけて、町に馴染めるよう優しく接してくれる。そんな彼に心を許し始めた矢先、寧緒は偶然交通事故を目撃!!　それをきっかけに、平和な町を揺るがす事件に巻き込まれて!?